요리의 악마

요리의 악마 3

가프 현대 판타지 장편소설

초판 1쇄 찍은 날 § 2022년 6월 22일
초판 1쇄 펴낸 날 § 2022년 6월 29일
지은이 § 가프
펴낸이 § 서경석

총괄팀장 § 황창선
편집책임 § 양준
디자인 § 스튜디오 이너스

펴낸곳 § 도서출판 청어람
등록번호 § 제387-1999-000006호
등록일자 § 1999. 5. 31
어람번호 § 제1-3186호

본사 § 경기도 부천시 부일로 483번길 40 서경B/D 3F (우) 14640
편집부 § 서울특별시 구로구 디지털로 272 한신IT타워 404호 (우) 08389
전화 § 02-6956-0531 팩스 § 02-6956-0532
http://www.chungeoram.com
E-mail § chungeorambook@daum.net

ISBN 979-11-04-92448-4 04810
ISBN 979-11-04-92433-0 (세트)

요리의 악마

3

가프

현대 판타지 소설

도서출판 청람

MODERN FANTASTIC STORY

요리의 악마

목차

제1장

마법의 손Ⅱ

"송 셰프."

설 대표가 올라가자 이상백 기자가 윤기를 잡아끌었다.

"김혜주 특별식을 했다던데 그건 또 뭡니까? 정보 좀 주세요."

후문 쪽의 벤치 앞에서 이상백이 물었다. 전보다 깍듯한 목소리였다.

"어떻게 아셨죠?"

"나도 다 취재원이 있지요."

"그보다 다비드 박사님 인터뷰는요?"

"덕분에 잘 끝났어요. 송 셰프 칭찬이 대단하더군요."

"그래요?"

"최후의 만찬 말입니다. 나이답지 않게 탁월한 해석에 탁월한 맛이었다고 합니다. 같이 나온 다 빈치의 새우와 콩팥빵도 그렇고. 간만에 칼럼 쓸 맛이 납니다."

"네……."

"그거 듣다 생각한 건데 다 빈치 특별 요리전 한번 어떻습니까? 다비드 박사님 같은 분이 호평할 정도면 굉장한 반향을 일으킬 거 같은데?"

"분위기 좀 잡아 주실 겁니까?"

"독점 취재권 준다면 잡아 드리죠. 윈윈 한번 해 보겠습니까?"

"그건 문제없습니다만 시간은 넉넉하게 드리지 못합니다. 진행도 제 마음대로 할 거고요."

"어쩌겠습니까? 다비드 박사가 인정한 실력인데."

"말 나온 김에 추진해야겠네요. 시간이 지나면 제가 더 바빠질 것 같아서요."

"인정합니다. 어쩐지 우리 한국에 다 빈치에 비견되는 요리 천재가 등장한 기분이거든요."

"다 빈치만 한 천재가 될지는 모르겠지만 다 빈치의 미각도 매혹시킬 수는 있죠."

"김혜주 특별식은요? 무슨 요리인지 살짝 공개 좀 하세요."

"저랑 이미 거래 트신 셈인데 제 루틴을 모르시는군요?"

"예?"

"그런 건 김혜주 씨에게 물어야죠. 제 입으로 말하면 자랑, 먹은 사람이 자랑해 주면 긍지, 아실 것 아닙니까?"

"어이쿠, 또 한 방 먹는군요."

"취재하실 거면 서두르세요. 김혜주 씨 며칠 동안 취재하기 어려워질 것 같거든요."

"왜요? 해외 로케라도 간다고 했나요?"

"그보다 더 중요한 일이 생길 겁니다."

"더 중요한 일?"

"아마 어머니께서 돌아가실 겁니다. 요리 드실 때 보니 오늘 넘기기 힘들어 보였어요."

"송 셰프."

"믿든 안 믿든 일어날 일입니다."

인사를 챙긴 윤기가 돌아섰다.

이상백은 뜨악했다. 요리는 인정한다. 다비드도 인정하는 사람이니까. 하지만 사람의 목숨까지는 너무 나갔다.

그런데.

웬일인지 부정하기가 어려웠다. 지금까지의 윤기 행보가 그랬다.

'대체 뭐야?'

이상백이 번호 하나를 눌렀다. 연예부 후배였다.

"아, 난데 톱배우 김혜주 말이야."

운을 떼기 무섭게 충격적인 말이 흘러나왔다.

—어? 선배님도 부고 봤어요?

"부고?"

—김혜주 말이에요. 모친이 사망했다고 부고 떴다던데 그 얘기 아닌가요?

"……!"

이상백이 휘청 흔들렸다. 윤기의 말이 바로 적중한 것이다.

'말도 안 돼.'

이상백이 고개를 저었다.

—선배님, 혹시 장례식장 갈 거면 저랑 같이 가시죠.

핸드폰에서 후배 기자의 목소리가 흘러나오고 있었다.

톡.

노트북으로 자료를 전송했다. 여먹4총사를 지휘하는 방송국 피디 앞이었다. 먹방에 나올 요리에 대한 자료가 필요하다는 연락이 왔다. 스태프도 숙지해야 하고 4총사들도 사전 검토가 필요하다는 설명이었다. 자료 사진과 함께 전송하고 일어섰다. 다시 디너 타임이었다.

"셰프님."

디너 타임이 한창일 때 식재료를 가득 안은 창혁이 들어섰다.

"왜?"

컴파운드 소스를 주입하던 윤기가 고개를 들었다.

"홀에 사고가 났나 봐요."

"사고?"

그 한마디가 주방에 파문을 일으켰다.

"손님 한 명이 스테이크 먹다가 쓰러졌어요. 주희 씨가 119 불러야겠다고 하던데요."

"스테이크가 잘못된 거야?"

경모가 신경을 곤두세웠다. 때로는 요리에 이물질이 섞일 때도 있었다. 그런 사고가 나면 치명적이었다.

"같이 온 손님 말로는 급하게 먹다가 체한 것 같다고……."

체해?

그 말을 들은 윤기가 주방을 뛰어나갔다.
"셰프님."
창혁이 부르지만 돌아보지 않았다.
"따라가 봐. 어서."
경모가 창혁에게 눈짓을 했다.
"주희 씨."
윤기가 홀에 들어섰다.
"문제가 생겼다면서요?"
"6번 테이블요. 손님이 급체를 한 것 같다고 해요. 119 불렀어요."
주희가 테이블을 가리켰다. 나이는 30대, 셋이 함께 온 여자 손님들이었다. 창가에 앉은 손님이 가슴을 쥐어뜯는 게 보였다. 윤기가 그쪽으로 걸었다.
"어머, 성자의 셰프야."
일행들은 그 와중에도 윤기를 알아보았다. 아픈 여자는 얼굴이 창백했다. 식은땀까지 맺힌 걸 보니 체한 게 맞았다.
"체한 것 같다고요?"
윤기가 확인에 들어갔다.
"우리 승아 엄마가 너무 맛있다고 급하게 먹다가… 아무래도 랍스터에서 막힌 거 같아요."
"죄송하지만 제가 좀 봐도 될까요?"
"예?"
"제가 체기는 잘 내리거든요."
"그러세요."

일행의 허락이 떨어지자 윤기가 여자의 손을 잡았다. 요리를 먹다 체하는 건 종종 일어나는 일이다. 역아의 시대에는 더 흔했다. 의사가 없으니 먹다가 죽는 사람도 있었다. 그 해결도 역아의 일이었다. 특히 황제나 그 일가친척이라면 음식 사고 또한 역아의 책임이기 때문이었다.

그렇기에 당연히 해결책도 가지고 있었다.

"주희 씨."

주희에게 깨끗한 젓가락 하나를 부탁했다. 그거면 되었다. 호텔 연회장 수준답게 여자들 앞에서 한 번 더 젓가락을 닦았다. 그런 다음에야 급체의 혈자리를 눌렀다. 합곡혈과 정혈, 십선혈 등이었다.

세 군데 혈자리를 눌러 최적의 혈자리를 찾았다. 합곡혈이 맞춤했다. 한쪽 무릎을 꿇은 채 합곡혈을 눌렀다. 가만히 눈을 감으니 디테일한 테크닉이 따라왔다. 그냥 눌러도 되지만 강약이 필요하다. 누르고 비비고 돌리며 반응을 극대화시켜야 효과가 나는 것이다.

"저기요."

일행 중 노란 옷을 입은 여자가 울상을 지었다. 허락은 했지만 그림이 마음에 들지 않는 눈치였다. 현대는 첨단의학의 시대다. 그런 마당에 젓가락으로 손을 눌러 대니 우습게 보이는 것도 당연했다. 윤기는 계속 몰입했다. 현대건 미래건 상관없다. 다른 병은 몰라도 체하거나 딸꾹질, 과식 같은 것들은 윤기 손으로 해결할 수 있었다.

그것도.

즉시.

"하아."

강자극과 약자극을 몇 번 반복하자 체한 여자가 숨을 토했다.

"어머, 승아 엄마 숨 쉰다."

일행인 여자가 소리쳤다.

윤기가 마무리 자극에 들어갔다. 강력하게 눌렀다가 지긋이 자극을 낮추자 강한 트림과 함께 체기 내려가는 소리가 들렸다.

꾸르륵.

"후아, 살 것 같아."

성난 비둘기 소리와 함께 여자 얼굴에 생기가 돌기 시작했다.

"와아."

일행이 입을 쩌억 벌렸다. 숨이 넘어갈 것 같던 사람이 정상으로 돌아온 것이다.

"어떠세요?"

윤기가 물었다.

"편해요. 속이 시원해졌어요."

"제대로 체하셨는데 잘 내려간 기 같습니다. 음료를 한 잔 더 드릴 테니 마시시고 조금 쉬셨다가 부드러운 것부터 드시면 될 것 같습니다."

"셰프님… 조금 전에는… 죄송해요."

일행 여자들의 목소리가 기어들어 갔다.

"괜찮습니다. 제 손님들이신 걸요."

"셰프님 고맙습니다."

세 여자가 합창을 했다. 주희에게 119 취소를 지시했다. 호텔의 특급 연회장. 119의 등장만으로도 식사 분위기가 어수선해질 우려가 있었다.

"저기요, 셰프님."

돌아서는 윤기를 여자들이 잡았다. 부탁이 나왔다.

"죄송하지만 저희가 맘 카페 지기들인데 기념 사진 한 장 안 될까요?"

"영광입니다."

기꺼이 응해 주었다. 사고를 수습했으니 그 정도는 못 할 것도 없었다. 게다가 맘 카페는 조심해야 한다. 자칫 작은 불친절이라도 꼬투리를 잡으면 괜한 골칫덩이가 될 수 있었다.

그게 발단이었다. 여기저기서 기념 촬영 요청이 봇물처럼 터졌다. 한 군데 들어줬으니 사양할 수도 없었다.

찰칵찰칵.

테이블마다 인증 숏이 불티가 났다.

"셰프님."

연회장을 나올 때 주희가 윤기를 불렀다.

"어떻게 된 거예요? 죽어 가는 사람까지 살려 내시니……."

"별거 아닙니다. 체한 거 내리는 혈자리 몇 개 공부했거든요."

"그게 별거 아니면……."

"주희 씨가 많이 놀랐겠네요?"

"하필이면 팀장님이 회의 들어간 참이라서요."

"다음에도 이런 일 있으면 저부터 부르세요. 맛있는 식사 자리에 119가 출동하면 곤란하잖아요?"

"고마워요."

주희가 얼굴을 붉혔다. 연회장의 사고는 그녀의 책임이다. 손님이 체하는 것까지 말릴 수 없지만 좋은 소리 들을 일은 아니기 때문이었다.

돌아서는 윤기 눈에 창혁이 들어왔다. 창혁도 체기 내리는 걸 본 모양이었다.

"셰프님……."

"넌 또 왜?"

윤기가 묻자 쌍엄지척을 쾌척한다.

"쉬잇, 그쯤하고 일하자. 아직 많이 남았지?"

"22인분 남았어요."

윤기가 창혁의 등을 밀었다. 급체를 내리는 건, 정말이지 일도 아니었으니 작은 나뭇가지나 뾰족한 돌만 있어도 할 수 있는 일이었다.

"송 셰프가?"

사연을 알게 된 에르베 눈이 휘둥그레졌다.

"송 셰프 손은 마법의 손."

윤기의 손을 만지며 혀를 내두른다.

치이잇.

윤기의 손은 그새 숯불 위에 있었다. 시어링에 레스팅에 컴파운드 소스 주입까지 막힘이 없다.

"오늘의 마지막 스테이크입니다."

세 접시를 카트에 올려 주는 것으로 LGY 스테이크 요리가 끝났다. 몇 가지 추가 메뉴와 함께 디너 타임의 끝이었다. 잠시 후에 주희가 꽃다발을 배달해 왔다.

"셰프님."

"웬 거죠?"

"아까 그 맘 카페 지기들요, 간만에 플렉스 하러 왔다가 스테이크도 다 못 먹고 갈 뻔했는데 셰프님 덕분에 즐거운 시간 되었다고요. 꼭 좀 전해 달라고 해서요."

"이러지 않아도 되는데……."

꽃은 장미였다. 냄새가 좋았다.

"그리고……."

"또 뭐가 있어요?"

"맘 카페요, 그분들이 오늘 사진하고 사연을 그대로 올렸나 봐요. 그 맘 카페 회원들 예약이 빗발치고 있어요."

"예?"

"지금 예약해도 2주 후에나 가능하다고 했더니 2달이 걸려도 괜찮다네요."

"흐음, 주희 씨만 바쁘게 만들었네?"

"시간 나면 한번 보세요. 천계 맘 카페라고… 셰프님이 무릎을 꿇고 체기 내려 주는 동영상이 올라갔는데 성자의 셰프 확정이라고 난리도 아니더라고요."

"진짜예요."

명규가 동영상을 찾아냈다. 무릎을 꿇고 혈자리를 눌러 주는 윤기였다. 어찌나 진지한지 숭고하게 보였다. 그 아래로 댓글이 바다를 이룬다. 업로드된 지 얼마 되지 않지만 100개도 넘는 댓글이 꼬리를 물고 있었다.

[성자셰프 맞네여]

[표정 좀 봐, 진심 손님 걱정하는 얼굴이에요.]

[이 셰프가 그 셰프래요. 난다 긴다 하는 요리사들도 못 한 이지용 회장 스테이크 먹인 사람요.]

[남편 꼬드겨서 아이 생일날 LGY 플렉스 하러 가야겠어요.]

[성지 순례 예약 완료]

[나는 체한 날 가서 셰프님 불러 달래야겠다능.]

[님들, 짐 예약해도 두 달이라네요. 서두르세욤]

[아오, 운영진 뭐 해요? 우리 맘 카페 멤버들 우대 루트 좀 뚫으시지.]

[내가 청와대 국민 청원 넣을까요?]

워킹 맘과 엄마들의 수다가 이어진다. 윤기가 손을 바라보았다. 전생들의 스킬이 고스란히 깃든 손. 인간성은 몰라도 스킬만은 언제 보아도 고마울 따름이었다.

*　　　*　　　*

“어때?”

에르베가 새우 비스크를 내밀었다. 구운 새우 머리와 바닷가재 껍질을 써서 만든 소스였다. 바닷가재 수비드에 주로 쓰인다.

“좋네요.”

“송 셰프라면?”

"저라면 토마토 대신 이걸 넣겠어요. 토마토, 솔직히 이제 좀 식상하잖아요?"

윤기가 꺼내 놓은 건 오디 페이스트였다.

"베리야?"

"오디라고 뽕나무 열매예요."

"뽕나무?"

"한국과 중국에 나는 거죠. 실크를 만드는 누에가 먹는 나무에 달려요."

"오, 느낌 오는데?"

"한번 바꿔 보세요. 누가 아나요? 머리에 불이 번쩍 들어올지."

윤기가 권하자 에르베가 오디 페이스트를 챙겨 들었다. 퇴근할 기세더니 다시 소스 연구에 매진한다. 저게 바로 셰프의 참모습이었다. 요리에 미치면 퇴근 시간 같은 건 자연스레 잊게 마련이었다.

"기막힌데? 단맛이 강화되는 데다 부드러운 허브 냄새가 이색적이고 색상도 바이올렛을 머금어서 랍스터의 붉은색을 돋보이게 하고 있어."

에르베는 대만족이었다.

"송 셰프님."

그때 인터폰이 들어왔다. 오늘의 VIP 장대방이 왔다는 전갈이었다.

"오셨습니까?"

윤기가 홀에 나가 장대방을 맞았다. 동행은 백발의 여자였다.

"제가 굉장한 분을 모시고 왔어요. 한국 소나무 그림의 대가이자 우리나라 문화 예술계를 대표하시는 전송화 화백님."

장대방이 여자를 소개해 주었다. 윤기의 촉이 즉각 반응을 한다. 영향력 있는 사람이라면 언제나 환영이다. 영향력은 곧 지불능력과 사교 능력의 상징이기 때문이었다. 나이는 60대 중반이다. 꼿꼿한 모습에서 한 분야의 일가를 이룬 위엄이 엿보였다.

"그리고 이건 사담인데 오늘 셰프님 요리가 내 운명을 좌우하게 생겼어요."

"네?"

"내가 화백님 신작 한번 경매하는 게 소원인데 곁을 주셔야 말이죠. 생각 끝에 셰프님 요리로 한번 녹여 볼까 하고 모셔 왔는데 어때요?"

"그러시면 목숨 걸고 한번 만들어 보겠습니다."

"쉽지 않은 게 화백님이 당뇨가 있어요. 마음은 초콜릿 무스가 당기고 전에 좋아하던 치킨도 한 번은 실컷 드시고 싶은데 몇 해 전에 대상포진을 심하게 앓은 후로 알레르기 때문에 육류는 드시지 못한다고 하시고… 해서 안 오시려는 거 제가 송 셰프라면 해결책이 있을 거라고 억지로 모셔 왔어요. 이지용 회장님 사례를 팔아서 말이에요."

장대방이 전송화를 바라보며 말했다. 윤기는 그녀의 체취를 맡고 있었다. 단내가 먼저였다. 그러나 시들었다. 장대방의 말이 아니더라도 당뇨를 의심할 윤기였다.

"아유, 아니에요. 제가 붓보다 초콜릿 무스하고 치킨을 좋아했던 건 사실이지만 다 옛날얘기죠. 초콜릿 무스가 당하고 칼로리가 얼마나 높은데요. 관장님이 다 빈치 요리 드신다기에 구경 온 거니까 그냥 간단한 채식 요리 하나 내주시면 돼요. 제가 또 속 좁은 여자라 소식이거든요."

전송화의 화법은 대가답게 우아했다.

초콜릿 무스.

고칼로리에 당분 덩어리다. 하지만 그건 일반 셰프들이 만들 경우였다. 윤기의 레시피에는 해결책이 있었다.

"걱정 마십시오. 관장님이 어렵게 모시고 온 손님이시니 당과 칼로리 걱정 없는 초콜릿 무스 실컷 드시게 해 드리죠. 치킨도 겸해서요."

윤기의 대답은 시원했다.

전송화 화백.

검색해 보니 소나무 전문이었다. 오직 소나무만 그렸는데 그 웅장한 화풍이 가히 장관이었다. 나무를 좋아하는 윤기였다. 나무의 특성을 요리에 응용하는 윤기였다. 마침 소나무는 먹는 나무다. 메뉴 개발을 위해 들여온 자작나무와 솔잎, 어린 솔방울 등도 있었다.

과거 춘궁기 때는 소나무 형성층을 벗겨 먹었다. 그것 외에 송홧가루도 먹고 솔잎 또한 다양한 용도로 먹거리에 이용되고 있었다. 소나무 화백에게 어울리는 식재료가 아닐 수 없었다.

화백의 스펙은 차고 넘친다. 뉴욕 갤러리 초대전을 비롯해 수십 억을 호가하는 작품의 주인공. 한국보다 미국과 중국에서 더 유명한 작가였으니 장대방이 공을 들일 만도 했다.

요리 설명을 위해 검색에 돌입했다.

전생의 경험치와 현실의 괴리 때문이었다. 역아의 시대에는 역아의 조리법이 법칙이자 진리였다. 설명은 황제에게 하는 것으로 족했다. 증명은 오직 맛이었다.

지금은 달랐다. 맛만으로는 부족하다. 믿을 만한 문헌이 필요했다. 마침 알맞은 자료가 있었다. 1660년에 나온 '신간구황촬요'가 출전이었다.

출전이면 되었다. 레시피는 전생이 더 잘 알고 있었다. 눈을 감으면 그가 소나무 앞에 서 있다. 넓적한 중식도를 들고 소나무의 껍질을 벗겨 낸다. 껍질은 백피라 부르는데 오직 속껍질만을 사용한다.

겉껍질 안의 속껍질, 또 그 안의 흰 부분이 식용이다. 종이처럼 벗겨지면 맛부터 확인한다. 걱정할 것 없다. 소나무의 백피는 그대로 먹어도 문제가 되지 않았다. 맛은 떫고 쓴맛과 함께 달착지근한 편이다. 굽거나 삶거나 튀겨서 먹는다. 오늘은 튀김과 함께 고기 맛에 입힐 향으로 쓸 생각이었다.

너도밤나무, 단풍나무, 포플러, 자작나무…….

이런 나무들의 특징은 비버가 좋아한다는 점이다. 비버라는 놈은 알고 보면 진짜 미식가다. 맛있는 나무는 식량으로 먹어 치우지만 조금이라도 맛이 없으면 은신용이나 건설용으로 사용할 뿐이다.

역아 역시 비버가 나무를 먹는 데서 착안을 했다. 병사들을 시켜 은신처를 찾아보니 다양한 먹이 목재가 나왔다. 역아가 맛을 확인했다. 그렇게 만든 요리는 남녀 시식 노예에게 검증을 했다. 사전 검증법은 후대의 모든 황제를 거쳐 현대의 대통령 테이블까지 이어졌다. 노예만 아닐 뿐, 각국 지도자들의 식사는 어떤 방법으로든지 검증을 받고 있었다.

육류는 콩고기를 쓸 생각이었다. 치킨을 좋아한다니 닭 다리 콘셉트로 간다. 거기에 초콜릿 무스?

'조금 약한데?'

초콜릿 무스 제법은 분자요리 쪽이다.

'그렇다면?'

윤기의 손이 올리브에 재워진 솔잎을 집었다. 여자들은 파스타를 좋아한다. 분자요리식 솔잎 파스타라면 살짝 허전한 테이블을 제대로 장식할 것 같았다.

솔잎 몇 장을 다져 냉장고에서 숙성 중이던 와인 통에 넣었다. 전송화와 장대방의 교감과 소통을 위한 포인트였다.

[초콜릿 무스]
[치킨]

오늘은 이 둘이 맛의 승부처가 될 것 같았다.

"셰프."

메뉴를 읽은 경모가 계란 노른자와 설탕을 준비해 주었다. 경모도 이제 공부를 많이 한다. 윤기의 능력을 보았기 때문이다. 그만그만한 실력이라면 비웃기 바빴겠지만 그렇지 않았다. 만드는 요리마다 비주얼부터 사람의 미각을 사로잡는 마력의 요리

사. 하루가 다르게 늘어나는 예약과 유명 인사들의 방문은 신기루가 아니었다.

그런데.

윤기가 계란을 살포시 밀어냈다.

"초콜릿 무스 만들 거 아니야?"

"만들어야죠. 그것도 잘."

"그럼 계란 노른자 필요하잖아?"

"분자요리 방식으로 갑니다."

"분자요리?"

경모가 고개를 들었다. 초콜릿 무스의 출발은 노른자다. 설탕을 넣고 노른자가 하얗게 될 때까지 거품을 내야 한다. 그런 다음에 중탕으로 녹인 초콜릿을 섞는다. 이어 거품을 낸 흰자가 투하된다. 여기가 관건이다. 흰자를 투하한 다음에 균등 혼합을 이루어야 한다. 덜 섞어도 안 되고 너무 오버해서 거품이 꺼져 내려도 요리를 망치기 때문이었다. 이유는 질감이다. 흰자는 무스에서 가벼운 느낌의 역할을 맡고 있었다.

"이거면 돼요."

윤기의 준비물은 초콜릿과 미네랄 워터, 두 가지뿐이었다.

계란과 설탕, 버터도 없이 초콜릿 무스를?

윤기의 대안은 사이펀이었다. 사이펀은 액체에 거품을 넣어 새로운 질감과 향, 맛을 첨가하는 분자 요리 기구다. 일반적으로는 에스푸마로 거품 퓌레를 만들 때 사용한다. 계란 흰자의 균등 혼합을 고민할 필요 없이 가벼운 질감의 거품을 만들어 준다.

정말 그랬다.

사이펀에 들어간 건 초콜릿과 미네랄워터뿐이었다.

[쉐이크 & 쉐이크]

질소가스를 넣은 윤기, 잘 흔들어 준 후에 냉장고에 넣었다.

이 방법의 장점은 또 있다. 초콜릿 무스의 칼로리를 무려 20배가량 줄일 수 있다. 퀄리티 또한 훌쩍 좋아진다. 초콜릿 본연의 순수한 맛을 즐길 수 있게 되니 초콜릿 마니아라면 당연히 더 좋아할 방식이었다.

메인을 준비하는 동안 음료와 특별한 튀김을 먼저 내보냈다. 소나무 껍질과 자작나무 껍질 튀김이었다.

윤기의 손은 본격적으로 바빠진다. 연주로 치면 하이라이트를 향해 달리는 것이다. 솔잎 페스토로 만든 파스타가 나오고 어린 솔방울찜이 나오자 주방 가득 솔 향이 은은해졌다.

그 향이 로스트 치킨과 소고기 등심구이의 합주를 시작했다.

꿀꺽.

보조하던 경모 목젖이 저절로 흔들렸다. 오늘 시선을 끄는 건 로스트 치킨이었다. 원래는 닭의 배에 과일이나 채소를 넣고 구워 낸다. 윤기의 레시피는 많이 달랐다.

다진 콩고기에 트랜스글루타미나아제를 살짝 뿌려 접착력을 높인 후에 닭 다리 모양을 잡았다. 이 과정이 예술이었다. 약간 거칠게 갈아 낸 콩고기 반죽으로 닭 껍질과 근육까지 재현한 것. 소나무 잔가지를 깎아 만든 닭 뼈에 송홧가루를 바르고 고정시키니 영락없는 닭 다리로 보였다.

과일이나 채소 대신 송홧가루와 어린 솔방울 갈아 낸 것으로 마리네이드를 돕는다. 특별한 감미료도 보태진다.

[알룰로스]

무화과 추출물. 전송화의 우려 해소책이었다. 송홧가루는 이 단맛이 도드라지는 걸 잡아 주는 역할에 더불어 풍미 강화의 임무를 맡았다.

오븐에서 나온 치킨은 생솔잎을 소량 넣은 숯불 위로 올라가 솔 향을 입는 것으로 준비가 끝났다.

'응?'

경모가 문득 메모를 확인했다. 조리 메모에는 분명 소식이라고 적혀 있다. 그런데 치킨의 양은 거의 2인분 수준이었다. 양이 많은 건 초콜릿 무스도 다르지 않았다. 사이펀 안에 남은 건 적어도 2–3회 짜낼 분량은 되었다.

장대방을 위한 양배추 요리도 접시에 올라갔다. 여기에는 베이컨이 포인트였다. 육수에 삶아 낸 양배추를 베이컨과 함께 지져 내더니 파르마산 치즈와 계피를 뿌리는 것으로 요리를 끝내는 윤기였다.

"주희 씨."

인터폰으로 주희를 불렀다.

찰칵.

요리가 사진에 담겼다. 그것은 곧 주인을 만날 준비가 끝났다는 뜻이었다. 카트를 밀고 가는 주희를 따라 연회장에 들어섰다.

테이블에는 황토색 식탁보가 깔려 있었다. 윤기의 주문이었다.

"드시죠."

세팅이 되자 윤기가 전송화의 덮개부터 열어 놓았다.

—솔 향 입힌 콩고기 닭 다리.

—솔잎 페스토로 만든 파스타.

—20배 낮은 칼로리의 초콜릿 무스.

—어린 솔방울 과육을 넣은 무알콜 샴페인 셔벗.

요리의 가짓수는 많지 않았다. 로스트 치킨의 메인 접시에는 6개의 닭 다리와 두 입 분량으로 동그랗게 말아 낸 솔잎 페스토의 파스타, 그리고 어린 솔방울 세 개가 전부였다. 그 옆으로 초콜릿 무스와 셔벗 샴페인이 보였다.

"어머."

전송화의 콧망울이 바로 넓어졌다. 요리는 화려하지 않지만 냄새가 그녀의 마음을 잡아챘다. 요리 전체에서 은은한 솔 향이 솔솔 풍긴 것이다.

빙고.

장담컨대.

그녀는 이 요리를 벗어날 수 없었다. 위장과 뇌가 이미 반응을 했기 때문이었다.

다음은 장대방의 요리였다.

—다 빈치의 소고기 등심.

—르네상스의 양배추 요리.

—르네상스풍을 가미한 특제 와인.

그의 요리도 특별히 화려한 쪽은 아니었다. 다 빈치 시대에 맞춰 소박한 플레이팅에 포인트를 맞춘 까닭이었다.

"셰프님."

전송화가 윤기를 바라보았다.

"네."

"진짜 치킨과 초콜릿 무스를 가져오셨네요?"

그녀의 얼굴에는 난감한 표정이 역력했다.

"네."

"만드느라 고생하셨지만… 제 몸이……."

"염려하시니 미리 말씀드리는데 치킨은 콩으로 만들었습니다. 고기하고 똑같은 맛과 질감이니 드셔 보시고요. 초콜릿 무스 또한 분자요리식으로 만들어 오리지널에 비해 칼로리가 20배 이상 낮습니다. 20분의 1이니 두세 개 정도 드셔도 괜찮을 것으로 봅니다."

"분자요리라고요?"

"초콜릿 무스 칼로리가 높은 건 초콜릿 무스를 중탕할 때 쓰는 버터와 계란 노른자 때문입니다. 제 무스에는 버터와 계란 노른자가 전혀 들어가지 않아 그만큼 칼로리가 낮아졌습니다. 반면에 질소가스를 이용한 사이펀 기법으로 더 부드럽고 가벼운 질감의 거품을 만들었으니 초콜릿 본연의 맛은 더 정직하게 감상하실 수 있습니다."

"그런 게 가능해요?"

"일단 맛부터……."

윤기의 권유는 몹시 정중했다.

"송 셰프님 믿고 한번 드셔 보세요."

장대방도 윤기를 거들고 나섰다.

화백의 첫 선택은 무스였다. 조심스레 입에 넣더니 깊은 호흡과 함께 눈을 감았다.

"초콜릿 맛이 굉장히 진하고 좋아요."

첫 평을 내놓고 닭 다리를 집는다.

"흠흠."

잠깐 냄새를 맡더니 입으로 넣었다. 한 입 가볍게 물자 진짜 닭 다리처럼 근육이 갈라졌다. 트랜스글루타미나아제의 농도 조절 덕이었다. 근육과 근육 결합 부위에는 분량을 줄였던 것.

"진짜 고기 맛이네? 솔 향도 은은하고… 속살에서 송화 향도 나요."

조심스레 맛을 보던 전송화가 중얼거렸다. 그러더니 바로 손목을 확인한다. 알레르기를 걱정하는 것이다.

"안 좋으세요?"

장대방이 물었다.

"아직까지는 괜찮은데……."

"하나 더 먹어 보시죠."

윤기가 남은 요리를 권했다. 전송화가 또 하나를 집어 들었다.

여전히 조심하지만 처음보다는 속도가 빨라졌다.

"괜찮은 거 같아요."

다시 손목의 피부 변화를 확인한 그녀 얼굴이 환하게 펴졌다.

"그렇다니까요. 이제 마음 놓고 드세요. 송 셰프 설명도 들으셨지 않습니까? 칼로리 걱정 없는 무스에 콩으로 만든 닭고기."

"하지만 단맛이 강해서……."

전송화가 윤기를 바라보았다.

"그것도 고려했습니다. 천연 당이라 문제가 되지 않으니 편안히 드세요."

"그럼 셰프님 믿고 한번 달려 볼까요?"

전송화가 테이블 쪽으로 조금 다가앉았다. 식사 개시의 본격 시그널이었다.

제2장

진격의 셰프

이날 전송화는 윤기가 준비한 콩고기 치킨 다리 2인분을 먹어 치웠다. 초콜릿 무스도 두 번이나 더 요청했다.

장대방의 만족도도 높았다. 특히 그는 윤기가 재현한 르네상스식 와인에 좋은 점수를 주었다. 첨가물에서 우러난 향이 와인과 환상의 케미를 미루고 있었다.

"분명 베렌아우스레제 같은데 맛이 깊고 유려한 게 슈발블랑 같기도 하네요."

"베렌아우스레제 맞습니다. 르네상스를 불러오려면 빈티지스러운 곰팡이의 향이 필요한데 그 와인의 곰팡이가 잿빛 곰팡이 잖습니까? 거기에 블랙 올리브와 구운 파인애플, 감초를 넣고 화백님과의 교감을 위해 생솔잎 다진 것을 소량 넣어 냉장 숙성을 시켰습니다. 부르고뉴, 특히 코트 도르의 본 와인 슈발블랑의 기원을 흉내 내느라고요."

"부르고뉴?"

"거기가 르네상스 때부터 와인을 만든 곳 아닙니까? 다 빈치의 요리라면 그런 분위기가 조금이라도 있어야 합니다."

"잘 어울리는 맛이었습니다. 다음에도 또 부탁드리고 싶네요."

장대방은 빈 잔에 남은 향을 한 번 더 음미했다.

샴페인 셔벗까지 해치운 전송화는 포만 직전이었다. 그녀의 말에 의하면 십수 년 만에 처음으로 포식을 했다고 한다.

그럼에도 기분이 좋은 건 당 때문이었다. 그녀는 휴대용 검사기를 가지고 있었다. 식사는 무려 1시간 반 이상이 걸렸다. 윤기의 단맛이 설탕투성이였다면 혈당 수치가 상한가를 쳤을 일.

"한번 해 보세요. 만약 수치가 올라갔다면 오늘 요리 비용은 받지 않겠습니다."

윤기가 재미난 제의를 던졌다.

"셰프님 말을 믿지만 걱정도 되고 신기하기도 하니까 해 보기는 할게요."

전송화가 혈당검사기를 꺼냈다.

"어머, 아침이랑 비슷해요. 맛있게 먹으면 칼로리 제로라는 말이 있더니?"

수치를 확인한 그녀가 환하게 웃었다.

"콩고기 치킨의 단맛은 알룰로스라고 무화과에서 추출한 천연 당으로 맞췄거든요. 혈당과 인슐린에 영향을 미치지 않으면서 체지방 연소에도 도움을 주는 식재료입니다."

"그럼 뱃살도 빠지겠네요?"

전송화가 반색을 한다. 장년에게도 뱃살은 달갑지 않은 삶의 일부인 모양이었다.

"모쪼록 두 분에게 즐거운 시간이었기를 바랍니다."

"정말 즐거웠어요. 얼마 만에 맛있게 먹었는지 모르겠네요. 그리고 무엇보다도 오늘 큰 공부를 한 거 같아요."

"공부라니요?"

장대방이 돌아보았다.

"제가 소나무 공부를 많이 했지만 맛에 대해서는 알지 못했어요. 그런데 오늘 소나무 껍질 튀김을 시작으로 솔방울, 솔잎, 송홧가루를 먹고 보니 소나무에 대해 제대로 안 것 같은 생각이 들어요."

"아."

"셰프님, 정말 고맙습니다. 마음 같아서는 여기서 아주 눌러살고 싶네요."

"조금 허전하시면 제가 다 빈치 특선전을 준비 중인데 예약석 하나 맡아 주시면 영광이겠습니다."

"잘됐네요. 저한테 꼭 연락하세요. 저랑 식사하고 싶어 하는 사람들이 좀 되거든요. 셰프님께 보답하는 의미로 싹 몰고 올게요."

"그러시면 아예 그분들로만 진행을 해 드릴까요?"

윤기가 쐐기를 들이댔다. 기회를 놓칠 윤기가 아니었다.

"여기 몇 석이죠?"

"기본 80석입니다."

"그 정도라면 제가 완판시켜 드릴 수 있어요."

"그럼 50석만 부탁드립니다. 나머지는 따로 예약이 있어서요."

"어, 그럼 저는 못 끼는 겁니까?"

장대방이 엄살을 떨었다.

"걱정 마세요. 관장님은 제 예약에 끼워 드릴 테니까요."

전송화가 인심을 썼다.

"덕분에 시간을 벌었습니다. 감사합니다."

윤기의 인사는 깍듯했다.

다 빈치 이벤트.

80석 채울 자신은 있었다. 그럼에도 딜을 날린 건 다른 계산 때문이었다. 사람들은 희소성에 목을 맨다. 이벤트 예약 조기 종료를 알리면 더 몸이 달아오르는 게 인간의 본성. 이렇게 되면 이벤트를 2회로 늘릴 수도 있었다.

좋은 일은 두 가지나 더 생겼다.

하나는 전송화가 차기 전시회를 장대방에게 맡겼다는 것. 또 하나는 장대방이 300만 원을 계산하고 갔다는 것. 참고로 이 요리의 기본 가격은 72만 원이었다.

"송 셰프."

300만 원 계산 사실을 알게 된 경모가 엄지를 세워 보였다.

"고마워요. 늦었는데 얼른 퇴근하세요."

"아니야. 요즘은 하나도 안 힘든 거 있지. 그런데 대체 그건 어떻게 안 거야? 전송화 화백 말이야, 오더지에는 분명 '소식'이라고 쓰여 있던데 2인분을 준비했으니……?"

"선배, 사람이 20여 명이면 식재료 양부터 감을 잡아야 하잖아요?"

"그렇지? 모자라면 죽음이고 너무 남아도 안 되니까."

"그거하고 비슷해요. 거기서 조금 더 수준이 올라가면 이 사람이 먹는 양이 얼마인지 알 수 있고, 또 조금 더 올라가면 내가 원하는 대로 양을 조절할 수도 있어요."

"손님의 식사량과 상관없이?"

"네. 상관없이."

윤기가 가운을 벗었다. 조금은 황당해하는 경모의 표정과 함께 리폼 주방의 하루가 막을 내렸다.

"장례식?"

검은 양복으로 갈아입을 때 어머니가 물었다.

"네."

"내일은 쉬는 날이니 내일 가도 되잖아?"

"제단에 올릴 요리를 가져다줘야 해서요."

"그래?"

"다녀올게요."

"운전 조심하고."

어머니의 격려를 받으며 집을 나왔다.

첫 행선지는 최순우 박사의 연구실이었다. 밤이 깊어 가지만 연구실은 아직 초저녁(?)이었다. 압축 스테이크를 받아 들고 병원으로 향했다.

문득 김혜주의 모친이 준 봉투가 보였다. 그러고 보니 봉투 준비를 잊었다.

부고.

얼마를 내야 할까?

호텔에서는 5만 원이 기본이었다. 윤기가 보조였기 때문이었다. 조리 팀 직원이라면 10만 원을 내기도 했다.

그때와는 사정이 달랐다. 윤기의 연봉은 억대를 넘고 있었고 상대는 유명 연예인 김혜주였다.

"부고 액수?"

호텔에 처음 왔을 때였다. 경모의 어머니가 폐암으로 상을 당했다. 사회 초년생이라 봉투의 국룰을 몰랐다. 얼마를 내야 할지 고민하다 당시의 팀장 구찬홍에게 물었다. 그가 윤기에게 호의적이기 때문이었다.

"두 가지 방법으로 내지. 첫째는 네 사정, 둘째는 상대의 사정."

첫째는 내 수입에 맞춰 내는 거였고 둘째는 상대의 사회적 지위를 고려해야 한다는 거였다.

상대의 지위?

대한민국 톱스타였다. 돈은 얼마를 내도 상대의 성에 차지 않을 상황. 다행히 윤기에게는 비장의 아이템이 있었다. 고인에게도 김혜주에게도 특별할 그것.

차를 돌렸다.

주방으로 돌아가 동결함침 스테이크를 구웠다. 팥죽도 따로 쑤었다. 이게 바로 윤기의 부의금이었다.

장례식장은 엄청났다. 조화는 천국의 가로수처럼 즐비하고 연예인들이 지천이었다. 조화의 면면도 윤기를 압도했다. 전직 대통령부터 청와대 수석들, 전현직 장관들, 신세기의 이지용 회장에 KBC, MBS, SBC와 TBN 음악방송국의 것, 톱스타 유세석, 유아유, 에이린, 이정세까지, 셀 수조차 없었다.

[어머니의 뜻에 따라 부의금은 일절 접수하지 않습니다.]

장례식장 앞에 쓰인 안내문이 보였다. 김혜주다운 결정이었다.

"어, 송 셰프님."

연예인들 틈바구니를 걸을 때 누군가 윤기를 불렀다. 돌아보니 이상백이었다.

"으아, 이 귀신……."

"예?"

"나 오늘 기절할 뻔했잖아요? 아까 호텔에서 한 말 기억 안 나요? 김혜주 어머니 일?"

"……."

"그때 후배 기자랑 통화하는데 바로 부고가 뜬 거예요. 충격 유체 이탈로 119 실려 갈 뻔했다고요."

"좋지 않은 걸 맞혔습니다."

"그나저나 여긴 왜?"

"김혜주 씨가 부탁한 게 있어서요."

인사를 하고 안으로 향했다. 김혜주는 바빴다. 친척들이 돕지만 상주는 그녀였다. 문상객이 줄을 이으니 쉴 틈조차 없어 보였다.

한참을 기다려도 윤기의 차례는 오지 않았다. 어쩌나 싶을 때 김혜주가 윤기를 발견했다.

"셰프님."

그녀가 인파를 헤치고 나왔다.

"언제 오셨어요?"

김혜주의 태도가 몹시 알뜰하니 모두의 시선이 쏠렸다. 기자들도 그랬다.

"심려가 크시겠어요."

윤기는 상주부터 위로했다.

"아니에요. 셰프님 요리 때문인지 돌아가실 때 굉장히 편하게 눈을 감으셨어요."

"그러셨군요."

"셰프님에게 고맙다는 말 전해 달라고 하셨는데… 배가 든든해서 천국보다 더 높은 곳도 문제없을 것 같다고."

김혜주의 말이 윤기의 심금을 울렸다. 어쩌면 윤기가 노모에게 평안을 준 게 아니라 그녀가 윤기에게 평안을 주는 것 같았다.

"말씀하신 홉입 스테이크하고 단팥죽을 가지고 왔습니다."

"잘하셨어요. 저는 또 어머니 돌아가셨다고 안 만들면 어쩌나 싶었는데……."

"실물도 하나 준비를 했습니다. 어쩌면 이제는 그것도 같이 드실 수 있을지 몰라서요."

"정말요?"

"어머니께 드리는 제 마음인데 제단에 올려도 될까요?"

"되죠. 누가 감히 막겠어요."

김혜주가 윤기를 끌었다. 모두가 썰물처럼 밀려났다. 단아하게 장식된 제단 앞에 윤기가 섰다.

"어디다 놓아 드릴까요?"

"어디든요, 셰프님 마음대로 하셔도 좋아요."

김혜주의 허락이 떨어지자 요리를 꺼냈다. 흡입 스테이크는 오른쪽에 두고 실물 스테이크와 단팥죽은 왼쪽에 놓았다.

"기왕이면 잘라 주세요. 셰프님이 잘라 주면 좋아하실 거예요."

칼을 내미는 김혜주 눈에 눈물이 고였다. 못 본 척하고 스테이크를 잘랐다. 스테이크 향은 화려했다. 어찌나 강한지 향불 냄새를 밀어낼 정도였다.

"제사상에 올라가는 건 양념을 안 한다고 들었지만 흡입 스테이크랑 똑같은 레시피로 만들었습니다. 그걸 맛나게 드셨으니 그래야 할 것 같아서요."

"우욱."

윤기 말을 듣던 김혜주가 신음을 삼켰다. 결국은 윤기 가슴에 기대 눈물을 삼키는 김혜주. 연예계에서는 거목이자 통 큰 여자로 불리는 그녀도 혈육의 정 앞에서는 가녀린 여자에 불과했다.

"어머니가 보세요. 의연하게 보내셔야죠."

그녀의 어깨를 토닥이며 위로를 보냈다. 그녀는 이내 감정을 추슬렀다.

조문을 마친 윤기, 김혜주에게 예의를 갖추고 물러났다. 연예인의 물결을 헤치고 나올 때 누군가 윤기 팔을 잡았다.

"송 셰프님."

김민영이었다.

"어? 오셨네요?"

"우리 멤버들 하고 추 피디님요, 얘들아, 내가 말하던 그랑 서울 송 셰프님."

김민영이 멤버들을 소개했다.

"와아, 훈남이시다."

"그러게. 나는 명장 느낌의 중후한 50대인 줄 알았는데……."

4총사들은 윤기를 거리낌 없이 대해 주었다.

"김혜주 선배님도 아세요?"

김민영이 물었다.

"아, 예, 조금……."

"조금이 아닌 거 같던데? 제단에 셰프님 요리를 놓는 거 보니 저보다 찐 단골?"

"그냥 부탁을 받아서요."

"피디님, 봤죠? 이 셰프님이 이런 사람이에요. 대우 제대로 안 해 주시면 300회 특집 물 건너갈 줄 아세요."

김민영이 추 피디에게 으름장을 놓았다.

"걱정 마셔. 자료 받아 봤더니 내가 더 당기더라고. 4총사가 안 한다고 해도 내가 밀어붙일 판이야."

"민영아, 우리 차례야."

앞이 훤하게 트이자 4총사 중의 큰언니 기영자가 앞장을 섰다.

"셰프님, 나중에 봐요."

김민영은 아쉬운 표정을 남기고 문상객들 너머로 멀어졌다.

"송 셰프님."

이번에는 배 원장이었다. 지인과 대화하던 그가 윤기를 본 것이다.

"원장님."

윤기가 예의를 갖추었다.

"저랑 직업 바꿉시다."

"예?"

"송 셰프님 말대로 되었잖아요? 저는 솔직히 며칠은 더 사실 줄 알았거든요."

"아, 그거요."

"대체 어떻게 아신 겁니까?"

"곡기라는 게 있잖습니까? 요리를 하다 보면 깨닫게 되는 것 중의 하나인데 곡기에 대한 의지가 끊기면 돌아가시더라고요."

"허어, 셰프가 아니라 명의시군요, 명의."

"어쩌다 보니 그렇게 된 것뿐입니다."

"아무튼 덕분에 제 체면은 제대로 섰습니다. 앞으로도 신세 많이 질 테니 잘 부탁드립니다."

"VIP 환자들 환자식 말인가요?"

"제가 일부 체크를 했더니 돈이 얼마가 들든 희망하는 사람들이 많았어요. 제 전속 간호사가 접수받는 대로 예약을 넣으려 했는데 호텔 홈페이지 봤더니 벌써 예약이 꽉 찼더군요."

"하루 10명 정도 수준은 제가 가감할 수 있습니다."

"어이쿠, 그거 약속하신 겁니다?"

"네, 원장님."

"우리 최 박사도 혀를 내두르더군요. 에어로졸에 대해 힘 좀 줄까 했더니 셰프께서 더 잘 알고 있더라고요?"

"조금 공부를 한 것뿐입니다."

"하긴 이런 실력이 우연일 수 없지요. 그래서 환자식을 부탁하면서도 마음이 놓입니다."

"한 분이라도 회복에 도움이 되도록 최선을 다하겠습니다."

배 원장과의 대화를 마쳤다. 그러자 이번에는 그러자 기자들이 윤기를 따라붙었다.

"저기요."

"……?"

"실례지만 아까 그 스테이크 말입니다. 무슨 사연이 있는 겁니까?"

기자들의 촉이 발동했다.

"궁금한 게 있으면 김혜주 씨에게 여쭤 보시죠."

윤기는 말을 아꼈다. 세 치 혀로 절단 나는 사람, 한둘 본 게 아니었다.

"김혜주 씨는 바쁘지 않습니까? 어떤 관계시죠?"

기자들이 물고 늘어질 때 뒤쪽에서 불호령이 날아왔다.

"어이, 이분이 누군 줄 알고 다들 함부로 구는 거야? 취재를 하려면 정식 취재 요청부터 할 것이지, 이렇게 무데뽀니까 기레기 소리 듣는 거 아냐?"

인파를 뚫고 나타난 건 이상백 기자였다.

"선배님."

기자들이 한풀 꺾인다. 그 바닥에서는 이상백을 모르는 기자가 없기 때문이었다.

"이 친구들, 내 보도 사진 안 봤어? 성자의 셰프."

"그럼 이분이?"

"게다가 대미식가 다비드가 별 다섯을 쾌척한 실력파."

"다비드라면?"

"다비드 아넬카도 몰라?"

"아, 프랑스의 미식가요?"

줄 끝의 여기자 하나가 말귀를 알아들었다.

"거기에 더해 수 개월째 식사를 못 하던 김혜주 어머님이 천국으로 가시는 길에 스테이크를 먹게 해 준 사람."

"혹시 이지용 회장님의 그 스테이크요?"

"이 친구, 그나마 말귀 알아듣네?"

"우와, 그분이 이분이었어요?"

기자들이 웅성거리기 시작했다.

"이제 감이 좀 와?"

"예, 선배님."

"취재가 당기면 지금 당장 그랑 서울 호텔 리폼 룸에 요리 예약부터 하라고. 취재로 사전 준비가 있어야지. 장담하는데 늦을수록 손해야. 우리 송 셰프, 나날이 상한가를 치고 있거든."

"……."

"알았으면 예약부터, 아니면 길 좀 터 봐."

이상백이 소리치자 기자들이 길을 내주었다.

"잘했죠?"

밖으로 나오기 무섭게 이상백이 웃었다.

"너무 노골적으로 정리해 주시니까 좀 미안하던데요?"

"그게 기본이라고 한 사람이 누군데요?"

"제가 너무 몰아쳤었나요?"

"아닙니다. 덕분에 나도 매너리즘에서 벗어나게 되었어요. 또 덕분에 취재에 새로운 재미가 새록새록 붙고 있고."

"지금도 취재 중인 거죠?"

"아시네?"

이상백이 계면쩍게 웃었다.

"그럼 물어보시죠. 밤도 깊어 가는데."

"김혜주 어머니 스테이크. 병원 측에 물어봤더니 숨이나 쉬는 정도라 죽도 못 먹는 분이라던데 스테이크를 먹였다더라고요. 김혜주에게도 확인을 받았고요."

"뭐가 궁금하죠?"

"그게… 김혜주 말이 흡입 스테이크라고만……."

"맞습니다. 스테이크를 에어로졸로 만들어 마시게 한 거였어요."

"에어로졸?"

"네."

"그게 가능해요?"

"분자요리의 일종이죠. 아마 머잖은 미래에 보편화될지도 모릅니다."

"이야, 우리 송 셰프, 대체 어디까지 가능한 겁니까? 당신의 요리."

"이제 인정인가요?"

"아니면요? 보스키 도르 요리 대회 종신 심사 위원 추천은 아무나 받습니까? 우리나라에서는 처음이에요."

"운이 좋았죠."

"갑자기 겸허해졌네?"

"그렇게 보이나요?"

"자신은 있습니까?"

"자신도 없으면서 덥석 물었을까요?"

"으아, 이거 사람 환장하겠네."

"이 기자님 보기에는 영 아닌 거 같습니까?"

"왜 이러십니까? 나도 정신 제대로 차리면 사람 보는 눈 있어요. 그래서 다비드 박사님에게 그 스페셜 취재 허락까지 받았지 않습니까?"

"그래요?"

"다 빈치 이벤트는 언제 할 겁니까?"

"싱가포르 다녀온 뒤에 할 생각입니다."

"허어, 나도 그 생각 중이었는데 빈틈이라는 게 없군요?"

"나이가 어려도 대세는 압니다. 한국 사람들은 그런 타이틀을 좋아하기도 하고요."

"손님 유치도 자신이 있는 모양이군요?"

"혹시 전송화 화백님 아십니까?"

"한국 화단의 대가이자 나무 레전드요?"

"그분께서 몇 테이블을 제외하고 예약을 보장하셨습니다만."

"전송화 화백과도 아는 사이입니까?"

"오늘 저녁에 알게 되었습니다."

"리폼에 왔었군요?"

"장대방 관장님이랑 동행했더군요."

"하지만 그분은 당뇨에 육식 알레르기가 있어서 외식을 즐기지 않는 걸로 압니다만."

"죄송하지만 초콜릿 무스와 치킨으로 폭식을 하고 가셨습니다."

"송 셰프, 폭식까지는?"

"초콜릿 무스 세 개와 닭 다리 12개를 먹었는데도 말입니까?"

"셰프, 전 화백님은 저랑 각별합니다. 지금 당장 확인할 수도 있어요."

"해 보시죠. 조금 늦은 시간이긴 하지만……."

"진짜 합니다."

"네."

윤기가 팔짱을 꼈다. 진리의 확인은 언제든 환영이었다.

"……?"

통화를 끝낸 이상백은 할 말을 잃었다. 윤기의 말은 사실이었고 전송화는 아무런 부작용도 없었다. 그녀에게 골칫덩이인 혈당의 증가와 육류 알레르기까지도.

—최근 들어 가장 행복한 하루였어요.

그녀는 아직도 들떠 있었다.

"항복."

이상백이 두 손을 들었다. 표정은 부자연스러웠지만 마음은 진심이었다.

번역을 정리했다.

음식디미방과 반찬등속, 수운잡방, 정조지, 도문대작 등에서 간추린 레시피와 기원이었다. 에르베와의 약속이었다. 고요리 서적을 불어로 번역하면서 공부도 되었다. 마음에 드는 건 직접 요리를 해 보기도 했다.

역아의 중국요리와 안드레아의 프랑스 요리.

알고 보면 한국요리가 빠져 있었다. 우려할 건 없었다. 두 전생의 눈과 손, 그리고 감은 무서웠다. 한국요리에 대한 이해가 굉장히 빨랐다. 대다수는 레시피와 재료만 보고서도 재현이 가능할 정도였다.

[다음에는 한국요리를…….]

다비드의 말은 부담이었다. 미식가들은 새로운 맛을 찾는다. 그걸 참신이라고 한다. 그들은 참신에 높은 점수를 준다. 한 번도 경험하지 못한 맛과 요리. 미식가들이 다른 나라로 가는 건 그런 맛을 경험하기 위해서였다.

하지만 경험과 만족은 엄연히 다른 영역이다. 경험만으로 만족하는 요리는 좋은 평가를 받지 못한다. 새로운 경험에 맛까지 충족을 시켜야 진짜 요리로 기억되는 법이다.

한국요리에도 숨은 진주 같은 레시피가 많았다.

윤기는 한국 사람이었다.

그 이유만으로도 한국요리의 장착이 필요했다. 세계로 뻗어

가려면 더욱 그랬다. 조리과학고에서 배운 기초와 전생들의 내공 위에 전통 요리의 탑을 쌓았다. 대파에 밀가루 옷을 입혀 구워 내는 파산적과 담백한 맛이 나는 말린 가지, 나아가 다양한 닭요리까지 차곡차곡 머리에 들어갔다.

머잖아 다가오게 될 보스키 도르 종신 심사 위원 추천전. 거기서도 분명 유용할 일이었다.

잠시 쉬는 시간, 성자의 셰프 그림을 바라보았다. 어머니가 액자로 만들어 거실에 걸었다.

[성자의 셰프]

어머니의 자랑이 되었다. 덕분에 친척들에게도 인사를 많이 받았고 이지용 회장 부부에게도 격려를 받은 모양이었다.

유튜브를 뒤지며 김혜주 노모가 준 봉투를 열었다. 열두 개의 봉투에 든 합계는 무려 3,000만 원이었다.

[3,000만 원]

'과한데?'

김혜주에게 정식 요리 비용을 청구해 둔 윤기였다. 그런 차에 고액을 받았으니 확인을 해야 할 것 같았다.

"여보세요."

김혜주, 정신이 없겠지만 부득 전화를 걸었다.

—3천이 아니라 3억이라고 해도 그건 셰프님 거예요. 제 어머

니가 주셨으니까요.

김혜주의 답은 간결했다.

'3,000만 원…….'

이건 어떻게 '요리'를 할까?

진흙.

연꽃.

노모가 준 돈이라 그런지 그녀의 말이 생생했다. 그 손의 의수도 스쳐 간다. 의수? 자연스럽게 수아가 매칭이 된다. 그러고 보니 수아는 의수가 없었다. 아니, 어쩌다 장착하기는 하지만 거의 마네킹 팔 수준이었다.

돈의 답은 수아였다.

두 팔이 없는 수아를 도우면 세 사람이 행복해진다.

죽은 김혜주의 노모.

수아.

덤으로 윤기.

지난번 성자의 셰프 사진 연출처럼 의도나 계산 따위는 담겨 있지 않았다. 기분 탓인지 성자의 셰프 액자에 들어 있는 윤기의 표정이 조금 더 당당하게 보였다.

"우왓."

에르베는 좋아 어쩔 줄을 몰랐다. 윤기의 번역본 때문이었다. 에르베의 취향을 꿰고 있는 윤기. 그가 좋아할 만한 한국 전통 요리 목록과 레시피를 내민 것이다.

그 안에는 조선시대 왕들이 좋아한 요리와 궁중 요리, 나아가

세도가와 종가의 비방 요리 등이 포함되어 있었다.

"그동안 부분 부분 번역해 준 것들도 한군데로 합쳤어요. 더 필요하면 계속 번역해 드리죠."

"아니야. 당장은 이거면 충분할 거 같아. 송 셰프도 바쁜 사람이고."

"뭐, 에르베 셰프님을 위해서라면."

"어쩌면 이렇게 취향 저격이지? 요리의 수려한 컬러가 사람을 미치게 만드네?"

에르베는 번역 자료에 빠져 버렸다. 대개는 이미지도 첨부되었다. 전통 요리를 만드는 교수들이 재현한 요리 사진이었다. 전통 요리는 색감이 기막히다. 대부분 오방색 원칙을 따르기 때문이었다.

"드셔 보세요."

샘플로 면 요리를 하나 만들어 주었다.

"뭐야? 면이 아삭하면서 부드럽네?"

한 입을 맛본 에르베 눈이 휘둥그레졌다.

"구면이라는 건데요, 무갈비 아시죠?"

"송 셰프의 신메뉴?"

"그 식재료가 들어간 겁니다."

"무?"

"네. 무와 밀의 만남이죠. 이게 알고 보니 글루텐 프리더라고요. 무에 풍부한 디아스타제와 섬유질이 글루텐의 공포를 '거의' 해결해 주니까요."

"레시피는?"

에르베가 번역본을 뒤지기 시작했다.

"싱싱한 단무를 골라 적당히 토막 친 후에 삶아서 졸이고 밀가루와 소금으로 반죽한다? 그런 다음 밀대로 밀어 장국에 끓여내? 간단하네?"

"그렇죠?"

"글루텐 프리도 그렇지만 무엇보다 식감이 마음에 들어. 아삭야들… 파스타로 응용하면 대박 나겠는데?"

대박.

이 단어만은 한국어였다. 에르베도 이제 간단한 한국어와 '욕', '비속어' 정도는 할 줄 알았다.

"다른 것들도 좋은 게 많으니 천천히 살펴 보세요."

"오케이. 이거 몇 번 해 본 후에 마무리 조리 테스트로 내 봐야겠어. 서양요리만 냈더니 좀 식상하기도 하고."

"좋은 생각이네요."

"에르베 셰프님, 우리 송 셰프에게 한턱 내세요."

분위기를 파악한 경모가 슬쩍 추임새를 넣었다.

"내야지. 언제 한번 찐하게 뭉치자고."

에르베는 기꺼웠다. 그가 원한 게 바로 이런 자료였다. 그러나 구할 수 없었다. 인터넷에 올라온 한국 전통 요리들. 번역기로 대략 돌려 보지만 신뢰하기 어려웠기 때문이었다. 더구나 윤기의 번역본은 인터넷에서 보지 못한 것들이 대다수였고 번역 또한 한 치의 오류도 없었다.

"일단 모닝커피부터 쏜다."

바로 나가더니 커피를 가져왔다. 창혁의 것까지 다섯 잔이었다.

"그런데 셰프님."

커피를 받아 든 창혁이 윤기를 바라보았다.

"왜?"

"이거 보셨어요?"

신문을 내민다. 대문짝만 하게 나온 윤기 기사였다.

"최후의 만찬?"

명화 같은 요리 사진들이 윤기 시선을 빨아들였다.

"저희가 배달겨례신문을 보거든요. 아버지가 신문을 보다 말씀하시더라고요. 너네 셰프 나왔다고."

"이상백 기자 기사네요."

이번에는 명규였다.

"뭐라고 쓴 거야?"

에르베도 고개를 빼 든다.

"세계적 미식가—단 하나의 요리를 위한 은밀한 방한. 한국요리에 내린 벼락같은 축복, 탁월한 식재료 해석과 향미의 구축, 7미의 균형을 갖춘 천재 셰프가 왔다."

창혁이 소제목들을 읽어 주었다. 떠듬거리는 불어지만 에르베는 바로 알아들었다. 그리고 그 입에서 나온 또 한 번의 서툰 한국어 표현이 팀원들을 웃음바다에 빠뜨리고 말았다.

"그 기자 개싸가지 있네."

커피를 마시며 신문을 읽었다.

[성자의 스테이크]

이 셰프는 스테이크 하나로 경제에 기여하고 한 소녀의 목숨을 살렸다. 그 주인공은 S그룹의 L모 회장과 희귀병의 소녀다. L모 회장은 투병 중에 스테이크가 그리웠다. 누구든 몸이 아프면 본능적으로 당기는 음식이 있다. 유수한 셰프들조차 그걸 해내지 못했다. 거의 포기 단계에서 혜성 같은 셰프가 나타났다. 무명이지만 절정의 스테이크였다. L모 회장은 그걸 먹고 회복의 동력을 얻었다.

그 기연이 희귀병 소녀에게 이어졌다. 이 소녀의 치료약은 2억이 넘는 거액이었다. 무명의 셰프는 L모 회장의 보상 대신 소녀의 치료약을 원했다.

이후 고전하던 G호텔의 연회장을 책임지더니 오픈식에서 다시 한번 진가를 떨쳤다. 유명한 인사들을 초빙하는 관례를 깨고 어려운 형편의 장애아들을 초청해 스테이크 파티를 벌였다. 사진에 보이는 발 스테이크의 출처가 그것이었으니 성자의 스테이크는 단연코 우연이 아니었다.

[천국의 스테이크]

성자의 길은 결국 천국으로 이어지는 걸까? 셰프는 놀랍게도 또 한번의 기적에 도전한다. 말기암으로 겨우 숨만 쉬며 임종을 기다리던 전직 손 모 장관. 재임 시절 현명한 입시제도와 사학 정비로 이름을 날렸지만 세월이 무상했다. 유학파인 그녀 역시 스테이크 마니아. 곡기가 끊어진 그녀의 소원은 딱 한 번만의 스테이크 먹어 보기였다. 그 불가능한 기도도 성자의 셰프 덕분에 빛을 보았다. 이번에는 분자요리 방식의 흡입 스테이크였으니 천국으로 가는 에너지를 충전해 준 것이다.

[신들의 만찬]

성자와 천국은 신의 세계와 통한다. 그 신의 만찬을 그린 명작에 '최후의 만찬'이 있다. 이 명작을 그린 사람은 인류의 천재 레오나르도 다 빈치. 셰프의 여정은 성자와 천국을 거쳐 신의 영역으로 이어진다. 다 빈치의 최후의 만찬에 나오는 요리와 다 빈치가 즐겨 먹던 요리로 천국의 맛을 재현할 이벤트를 준비 중이다. 그 황홀한 테이블은 80석. 누구에게 돌아갈까? 벌써부터 기대가 된다.

기사는 그렇게 끝났다. 이상백. 기사는 제대로였다. 읽는 사람에게 전율을 일으켰으니 기레기나 허접은 아니었던 것.

"와아."

잔뜩 고무된 팀원들이 윤기를 바라보았다. 성자의 스테이크는 LGY의 닉네임이 되었다. 그런데 이번에는 천국의 스테이크. 더구나 물도 못 마시는 환자였다.

"셰프님."

창혁은 아예 얼어붙고 있었다. 경모와 명규의 감정도 크게 다르지 않았다.

"이걸 해냈단 말이지?"

윤기의 통역을 들은 에르베도 전율에 사로잡혔다.

흡입.

말은 쉽지만 흡식의 궁극이었다. 요리의 미래형이다. 에르베도 그에 관한 강의를 들었다. 언젠가 인간의 먹거리는 흡입이나 흡수 타입으로 바뀔 거라고. 그러나 아직은 요원한 방식. 그걸 실현했다고 하니 차마 아뜩해지는 에르베였다.

대체.

대체 이 친구의 한계는?

심장이 떨릴 때 설 대표가 기척을 냈다. 유 이사, 황 부장과 함께였다.

"송 셰프."

"대표님."

"아직 조리 전이니 들어가도 되나?"

"그러십시오."

"세상에, 아, 이런 기사가 났으면 나한테 얘기를 해야지?"

설 대표가 신문을 흔들었다.

"별일 아닌 거라서……."

"이게 별일 아니야? 다비드의 극찬에, 보스키 도르 요리 대회 종신 심사 위원전 추천, 게다가 그 유명한 김혜주 모친에게 천국의 스테이크까지?"

"천국은 좀 과장입니다."

"과장이라니? 이상백 그 친구가 과장할 사람이야? 찔러도 피 한 방울 안 나오는 인간이 이렇게 쓸 때는 송 셰프 요리에 반했기 때문이라고."

"그런가요?"

"게다가 다 빈치 요리전까지 은근한 홍보… 대체 이 인간을 어떻게 녹인 거야?"

"제 기사를 쓰려면 요리부터 먹어 보라고 한 것밖에 없습니다."

"그리고 김민영의 여먹4총사 특집편을 우리 호텔에서 찍는다고?"

"보고받으셨습니까?"

"이 사람, 진짜……."

"한쪽에서 진행할 거니까 영업에 지장은 없을 겁니다."

"지장 좀 있으면 어때? 그 홍보가 보통 홍보야? 디너 타임 하루 문 닫아도 상관없어."

설 대표도 팀원을 못지않게 고무되어 있었다.

"그럼 저번에 자리를 비운 게 김혜주 병원 다녀오느라고?"

듣고 있던 황 부장이 목뒤를 긁었다. 이제야 사건 매칭이 되는 모양이었다.

"그때 김혜주 씨가 호텔 픽업까지 책임져 준다고 했었는데 어머니께서 스테이크를 먹는 걸 보고 기분이 좋다 보니 깜빡하셨거든요. 그래서 택시를 잡았는데 길이 막히는 바람에……."

"허, 이것 참… 난 그것도 모르고……."

황 부장이 입맛을 다셨다.

"자넨 그것만 곤란한 게 아니잖아? 이제 우리가 송 셰프 덕에 어깨 힘주고 다니는 처지에 다 고백하라고."

옆의 유 이사가 황 부장 등을 밀었다.

"또 뭐가 있습니까?"

윤기가 물었다.

"그게… 요즘 예약 청탁이 줄을 서서 말이지. 재주는 송 셰프가 부리는데 어딜 가든 목에 힘 좀 준다네. LGY 스테이크든 뭐든 테이블 예약 좀 잡아 달라고 말이지. 방금 전까지도 맘 카페 카페지기들에게 시달리다 왔다네. 예약 펑크 나는 거라도 모아서 예약 좀 잡아 달라나?"

"몇 명인데요?"

"8명."

"런치와 디너 중간에 잡아 주세요. 전에 조리부를 위해 고생 많이 하셨으니 쉬는 시간에 잠깐 요리해 드리죠."

"정, 정말인가?"

"이번 한 번만입니다."

"아이고, 고맙습니다. 송 이사님."

황 부장의 인사는 깍듯했다.

"이거 리폼 팀이 이렇게 분투하니 나도 그냥 있을 수 없지. 리폼 팀에 특별 보너스 책정해 줘."

설 대표의 지시가 떨어졌다.

"보너스는 고맙지만 보조 인력이 한 명 더 필요합니다."

"그거야 열 명이라도 문제없지. 조리부에서 픽업하든지 마음에 드는 사람 있으면 뽑아서 쓰든지 마음대로 하라고."

"보너스는 기왕 베푸시는 김에 리폼 연회장 서버들도 같이 챙겨 주시기 바랍니다."

"연회장?"

"요리와 서빙은 동일 선상이니까요."

"우리 송 셰프가 원하는데 뭔들 못 할까? 유 이사."

설 대표가 돌아보자 유 이사가 즉각 복명을 했다.

"바로 시행토록 조치하겠습니다."

* * *

[100만 원]

리폼 팀과 연회 팀에 내려온 보너스의 개별 액수였다. 윤기는 천만 원을 받았다.

"내가 본사를 쪼았네. 이렇게 열심히 하는 셰프에게 고작 100-200만 원 정도 줘서 되겠냐고. 그러니 아무 소리 말고 받아 두게."

설 대표가 먼저 윤기 입을 막았다.

"송 셰프."

경모 목소리는 질척하게 젖었다.

"셰프님……."

창혁도 울기 직전이다. 그랑 서울 조리 팀. 조리부장의 일식을 빼면 그저 그런 요리였으니 특별 보너스 같은 건 천연기념물 같은 단어일 뿐이었다.

100만 원.

많다면 많고 적다면 적은 돈이었다. 하지만 의미가 달랐다. 리폼이 개관한 지 한 달도 되지 않은 상황. 쉬는 날을 제외하면 눈코 뜰 새도 없지만 그냥 바쁜 것과는 차원이 달랐다. 고급진 레시피와 스킬을 보다 보니 수준도 확 늘었다. 창혁 같은 경우는 동기는 물론이고 1-2년 선배들에게도 선망의 대상이 되었다. 일과가 끝나면 오늘의 요리에 대해 물어보는 사람도 많았다. 바빠도 힘들지 않은 이유였다.

거기에 보너스까지 받았다. 그러니 사기가 충천될 수밖에 없었다.

그런데.

진짜 보너스는 윤기가 따로 던져 주었다.

"세 사람 말이에요."

운을 떼자 팀원들이 돌아보았다.

"두 달 후쯤에 셋 중 한 사람에게 숯불을 맡길 거예요."

"……?"

환호하던 셋의 시선이 차갑게 굳었다.

[숯불을 맡긴다.]

그것은 곧 스테이크 시어링을 넘겨 준다는 얘기였다. LGY 스테이크의 메인이 되는 것이다. 원래는 에르베가 돌아가는 4개월 후일 줄 알았다. 에르베는 6개월 예정으로 왔기 때문이었다. 그 예상이 당겨진 것이다.

"미리 말하는 이유는 우리 주방의 메뉴가 늘어나기 때문에 제가 바빠져서 그래요. 언젠가는 여러분이 맡아야 할 일이기도 하고요."

"……."

"또 다른 이유는 잘 알 겁니다. 우리 리폼 주방에서는 연공서열도 없고 텃배도 없고 스펙도 필요 없다. 그다음 뭐죠?"

"오직 실력이다."

세 사람이 합창을 했다.

"7주나 8주 후에 에르베 셰프님과 대표님, 조리부장님 모시고 공개 테스트 할 거예요. 소스부터 구이까지. 연습은 알아서들. 단, 선의의 경쟁이라는 걸 잊으면 자격 박탈 내지는 페널티 드릴 겁니다."

"……."

팀원들의 긴장은 한참 동안 풀리지 않았다.

[승급]

조리실에도 엄연히 직급과 레벨이 있다. 초대형 호텔이라면 견습생인 트레이니를 시작으로 보조—써드쿡—세컨쿡—퍼스트쿡—하프 셰프—파트장—헤드 셰프—총주방장 하는 식이다. 그랑 호텔도 마찬가지였으니 수습에서 조리 담당, 대리급, 과장급, 부장급 등으로 구분이 되었다.

하지만 조리부에서 하던 경쟁과는 느낌 자체가 달랐다. 이런 박빙의 긴장감은 별 두셋의 미쉘린 레스토랑 아니면 7성급 호텔에서나 나온다. 팀원들의 자부심을 엿볼 수 있는 일이었다.

"그리고 창혁아."

"네."

"아까 대표님 말씀 들었지? 사람 하나 더 지원해 주겠다고?"

"네."

"그 선발은 네가 맡아."

"네?"

윤기 말에 창혁이 소스라쳤다.

"왜 놀라? 경모 선배하고 명규는 바빠서 거기 관여할 시간 없어."

"하지만 제가 어떻게?"

"그 정도도 못 하면 같이 일하기 곤란한데?"

"셰프님……."

"1주일 준다. 조리부장님에게 협조해 달라고 말해 둘 테니까 능력 좀 발휘해 봐."

"……."

"그만하고 조리 준비."

"예."

창혁이 부동자세를 갖췄다. 즐거운 런치 타임이 리폼 팀을 기다리고 있었다.

"오늘 분량?"

앞치마를 매며 윤기가 외쳤다.

"LGY 104, 왕새우 12, 쏸라펀 10, 무갈비 9인분……."

명규가 런치 오더를 복명한다.

"거기에 병원 환자식 10인분 추가."

윤기의 재량이었다. 환자들이 목을 빼고 기다린다니 더 미룰 수도 없었다.

이 택배는 태술에게 맡겼다. 태술은 오토바이의 달인이다. 작심하면 짬뽕 국물이 랩에 묻지 않게 배달하기도 한다. 스테이크 가격이 있으니 택배비는 두 배로 쳐 주기로 했다. 지난번의 신세를 갚는 것도 있지만 신속 정확한 택배에 있어 꼭 필요한 일이었다.

치이잇.

해동된 스테이크들이 숯불을 맞기 시작한다. 윤기의 손놀림은 거의 예술이었다. 한 번에 열 개를 구워도 시어링의 편차가 없었다.

"하나는 네 몫이다. 대신 제대로 배달해라."

태술이 오자 스테이크를 내주었다.

"땡큐."

태술은 바람처럼 달려 나갔다.

치이잇.

시어링이 계속된다. 오늘따라 경모와 명규, 창혁의 시선이 자주 건너오는 게 느껴졌다. 목적이 생긴 것이다.

'오늘 스테이크는 유난히 맛나겠는데?'

윤기 생각이었다. 그런 날이 있다. 조금 더 기분이 좋은 날, 식재료 타이밍이 딱딱 떨어지는 날. 거기에 팀원들의 관심까지 녹아든다. 맛있지 않을 재주가 없었다.

"왕새우 마감."

"LGY 마감."

팀원들의 멘트와 함께 런치 타임의 폭풍이 잦아들기 시작했다.

"오늘 점심 당번?"

윤기가 물었다.

"접니다."

명규가 손을 든다.

"디너 오더가 더 많으니까 빨리 준비해."

"뭐 할까요?"

"아침에 부르기뇽 연습했지?"

"예?"

"냄새나던데 뭐, 그거 데우고 밥이랑 해서 먹자고."

"저 그거 망쳤는데요?"

"알고 있어. 바닥 조금 탔지?"

"봤어요?"

"코는 폼으로 달고 다녀?"

"……."

"못 먹을 정도는 아닌 것 같으니 차려서 먹자."

쏸라펀을 끝으로 윤기의 런치도 마감이 되었다.

"아, 잘할 수 있었는데 시간 때문에……."

살짝 눌어붙은 뵈프 부르기뇽 앞에서 명규가 얼굴을 붉혔다. 뵈프 부르기뇽은 소고기와 채소에 와인을 더해 졸여 내는 프랑스 갈비찜이다. 오랜 시간 공을 들이면 채소의 즙을 머금은 고기가 야들해져 맛이 좋아진다. 문제는 자칫 바닥이 탈 수 있다는 점이었다.

"먹을 만한데 뭐?"

윤기가 웃었다. 실패는 자산이다. 요리사에게는 성공만큼이나 중요한 과정이었다.

"셰프님."

식사가 끝나 갈 때 주희가 주방 입구에 등장했다.

"나 찾는 사람 있어요?"

"네."

"알았습니다."

생수를 마시고 일어섰다.

"김혜주가 왔어요."

주희가 속삭였다.

"김혜주?"

"둘이에요. 한 사람은 사장님 같아요."

"예약자 명단에 없었던 것 같은데?"

"다른 사람 이름으로 예약했었나 봐요."

"알았어요."

"그리고 오늘 저녁에 황교일 씨 오는 거 아시죠?"

"오늘인가요?"

"아까도 다녀갔어요. 스테이크 먹으면서 자기 예약 이상 없냐고."

"또 왔어요?"

"사흘 전에도 왔었거든요. 제가 볼 때는 셰프님 스테이크에 완전 중독된 거 같아요."

"그래요?"

"셰프님 나왔는지, 저녁 예약 손님은 얼마나 있는지 꼬치꼬치 물어보더라고요. 아우, 그분은 왠지 닭살이……."

"그래도 고객이시잖아요?"

가볍게 반응하며 홀에 들어섰다.

김혜주는 한눈에 보였다. 그게 아니더라도 분위기로 알 수 있었다. 22만 원짜리 LGY 스테이크. 약간 무리하면 일반인도 플렉스가 가능했다. 실제로 회사 여직원들이나 여친들끼리 두셋 짝을 지어 오는 경우도 많았다. 그 외에는 대개 중산층 이상이다. 그럼에도 김혜주는 독보적이었으니 많은 사람들의 시선이 그녀의 테이블을 힐금거리고 있었다.

"성자의 셰프님?"

창가 테이블로 향할 때 여자 손님 하나가 앞을 막았다. 여친들끼리 온 테이블이었다.

"죄송하지만 인증 숏 한 장만 안 될까요?"

그녀가 물었다. 홀에 들어서면 루틴이 되어 버리는 인증 숏의 과정. 기꺼이 응해 주었다.

"안녕하세요?"

세 군데 테이블을 더 돈 후에야 김혜주 앞에 서게 되었다.

"송 셰프님."

김혜주는 윤기 손부터 잡았다.

"시간 괜찮으면 좀 앉으세요."

앞자리를 권한다.

"제 소속사 대표님이세요."

동행을 소개한다. 대표는 뜻밖에도 김혜주보다 젊었다.

"그럼……."

윤기가 앉자 대표가 일어섰다. 자리를 비켜 주는 모양이었다.

"여기 오실 경황이 없으실 텐데……."

"우리 어머니 때문에요?"

"네."

"행복하게 가셨는데 왜요?"

"……."

"셰프님 덕분이에요. 스테이크 먹고 단팥죽도 먹고… 나중에 장례식장에서 또 먹고……."

"……."

"장례식 마치고 나니 셰프님 생각이 먼저 났어요. 어쩌면 이 스테이크가 생각난 건지도 모르죠."

김혜주 손이 깨끗이 비워 버린 접시를 가리켰다.

"어머니하고 교감하는 기분이랄까요? 한 입 한 입 먹을 때마다 스테이크 흡입하던 어머니 얼굴이 떠올라요."

"……."

"혼자 중얼거렸더니 매니저가 자기 예약을 내주더라고요. 아니면 몇 주를 기다려야 한다나요?"

"전화하시지 그랬습니까?"

"기사 보셨어요?"

"이상백 기자님 기사 말입니까?"

"네."

"저 때문에 불편하신 건 아닌지……."

"불편하면 제가 인터뷰했겠어요? 저 그런 거 좌지우지할 정도는 되어요."

"네……."

"듣자니 여먹4총사들이 여기서 먹방 촬영하기로 했다던데?"

"얼마 전에 김민영 씨가 다녀갔거든요."

"장례식장에서 봤어요. 스테이크를 알아보더라고요."

"네."

"일단 이거부터 받으세요."

김혜주가 봉투를 내밀었다.

"어머니 요리 비용이에요. 제가 조금 더 넣기는 했는데 그냥 받아 주세요."

"……."

"셰프님."

"알겠습니다."

호텔 스테이크값은 입금했지만 최 박사 쪽 비용 정리가 남았다. 노모가 준 봉투를 이유로 거절한다고 해도 안 될 것 같아 그냥 받아 들었다.

"온 김에 청탁 하나 드려도 될까요?"

"말씀하세요."

"다 빈치 요리전 말이에요, 기자님 얘기 들으니 벌써 예약이 끝났을 것 같다고도 하더군요. 셰프님 재량으로 두 자리 안 될까요?"

"그렇잖아도 예약이 많을 것 같아서 한 타임을 더 늘릴 생각입니다. 런치와 디너 중에 어떤 걸로 잡아 드릴까요?"

"아무래도 저녁이 좋겠죠?"

"그렇게 하겠습니다."

"이 스테이크도요, 예약자 펑크 나면 미리 연락 주세요."

"소량 추가 정도는 제 재량으로 가능합니다. 어머니와 교감하고 싶으시면 언제든 연락하세요."

"그 말이 너무 반갑네요. 저 진짜 랜덤으로 전화합니다."

"네."

인사를 끝으로 김혜주가 나갔다.

봉투에는 1천만 원 수표가 들어 있었다. 돈이라는 놈, 신기했다. 한번 터지니까 이렇게 터지고 있었다. 최 박사 연구실 사용료가 140만 원이었으니 차액까지 수아에게 보태기로 했다. 노모로부터 시작된 돈이니 몰아 주는 게 맞을 것 같았다.

[3,860만 원]

수아가 다니는 장애인 회관 계좌로 입금해 주었다. 좋은 의수는 굉장히 비싸다. 팔 한쪽이 차 한 대값이라고 들었다. 관장님은 좋은 사람이다. 조리 봉사를 다니면서 인품을 알고 있기에 걱정하지 않았다.

"수아 새 의수 맞춰 주시고요, 제가 기부했다는 건 절대, 절대 비밀입니다."

신신당부를 하며 전화를 끊었다.

'후우.'

마음 에너지가 빵빵하게 충전되는 게 느껴졌다. 전생들이라면 의도적인 계산속으로 기부했을 것이다. 해 놓고 보니 몰래 하는 쾌감이 더 컸다. 김혜주 노모가 머릿속에서 하얗게 웃는다. 김혜주만 그의 노모와 교감하는 게 아니었다.

'황교일이라…….'

다시 현실로 돌아왔다. 그는 까탈스러운 사람이다. 자기 프랜차이즈는 언제나 옳고 남의 요리는 흠투성이로 보는 내로남불.

그 독설에 눈물 쏟은 요리사들이 한둘이 아니었다. 하지만 윤기에게는 그냥 재미난 손님의 하나일 뿐. 아킬레스건까지 잡고 있으니 겁날 것도 없었다.

착한 기부까지 한 손.

'기분 좋게 한 수 지도해 줄까?'

즐거운 상상을 하며 그를 기다렸다.

제3장 — 몸값 폭등

치잇.

스테이크가 숯불을 맞는다. 단순히 불에 올리고 적당히 뒤집는 작업이 아니다. 어떻게 지지느냐에 따라 맛의 결이 달라진다. 숯불의 열기를 읽어야 하는 것이다.

황교일.

오늘은 둘이었다. 50대의 재미동포 사업가였다.

"나는 다 빈치 소 등심구이와 양배추로 주시오."

황교일의 오더였다. 파일 약점을 잡힌 까닭인지 까칠하게 굴지는 않았다.

"선생님은요?"

동행에게 물었다. 동행의 체취는 톡 튀었다. 자극적인 향신료를 선호하는 스타일이었다.

"내가 치킨 마니아예요. 하루 한 끼 이상은 닭요리로 채우지요. 황 선생에게 듣자니 솜씨가 좋다던데 치킨 요리는 어떻습니까?"

"어떤 요리를 원하시는지요?"

"내가 미국에서 오래 살았어요. 그러다 사업차 중국에 들어갔는데 한국 치맥이 유행이더군요. 한국으로 나오자마자 치킨을 맛보았는데… 그것참, 소문만 무성하지 주먹만 한 크기라 고기 맛도 제대로 들지 않고 어찌나 심심하든지……."

"……."

"여기는 미국 닭이 있을까요?"

"어쨌든 닭요리를 해 달라는 거로군요?"

"가능하면 미국 닭으로 말이오. 스코티시 에그나 포치트 에그를 곁들이면 더 좋죠."

"음료는 뭘로 드릴까요?"

"이거, 루이 14세의 와인이 괜찮다는 SNS가 있던데."

음료 선택은 황교일이 맡았다.

미국 닭과 한국 닭.

최근에 논쟁이 커졌다. 미식가 안교완이 발단이었다. 미국 닭은 크다. 그래서 미국 닭이 더 맛있다. 미국 닭 선호가들의 주장이었다. 윤기는 신경 쓰지 않았다.

'보통 실력'을 가진 셰프의 맛은 식재료가 좌우하는 게 맞다. 하지만 최상급 실력이라면 이야기가 달라진다. 조금 모자란 부분을 채워 주는 것. 그게 바로 셰프의 실력이었다.

유유상종이라더니.

오늘은 달고 온 손님이 대신 튀고 있다.

세트로 나대는 저 잘난 선입견을 뭘로 뭉개 줄까?

에르베의 번역을 위해 공부했던 한국 전통 닭요리부터 줄을 세웠다. 마침 맞춤한 레시피가 있었다.

식재료 프로그램을 불러냈다. 닭 재료 칸에 들어가자 냉장실에 든 닭의 재고 목록이 나왔다.

[오리지널 토종닭 6, 13호 6, 10호 4, 8호 2, 영계 3…….]

보통 닭의 크기는 몇 호, 몇 호로 명명한다. 5호는 500g, 6호는 600g으로 보면 된다. 정확히 말하면 5호는 450g에서 550g 사이, 6호는 550g에서 650g 사이다. 중간으로 이해하면 틀림이 없었다.

재고 중에 미국 닭은 없었다. 황교일 동행의 요청에 부응하려면 오리지널 토종닭으로 대처하면 된다. 1,800g짜리니까 미국 닭에 근접한다. 참고로 미국 닭들은 대개 2,000g을 넘었다.

고개를 저었다. 어차피 참교육용이라면 반전으로 가는 게 좋았다.

"창혁아."

당번으로 남은 창혁을 불렀다. 스테이크에 몰두하던 창혁이 돌아보았다.

"미국 닭요리 오더 낸 분이 있거든. 8호로 두 마리만 꺼내 와."

"토종닭이 아니고요?"

"8호. 조리 팀 냉동실 뒤져서 언 계란 있으면 세 개만 빌려 오고. 최하품 퀄리티로."

윤기가 잘라 말했다.

8호? 10호도 아니고 8호였다. 한국 닭에서는 10호가 골든 사이즈로 불린다. 육즙이 많고 쫄깃하면서 부드러운 육질을 가지고 있다. 창혁은 고개를 갸웃거리며 식육 저장고로 걸었다.

그사이에 윤기는 향신료를 준비했다.

[천초, 계피, 건조 도라지, 생강, 식초, 맑은 간장, 마늘, 파, 참기름]

닭의 배로 준비한 재료가 들어갔다. 다음은 진공포장이다. 진공 속에서는 마리네이드가 빨라진다. 30분이면 소 앞다리살 마리네이드도 끝난다. 닭가슴살 정도는 그 반이면 가능했다.

마리네이드를 마친 닭이 찜솥으로 들어갔다.

미국 닭요리를 찾는 사람에게 닭찜을 내려는 걸까? 스코티시 에그나 포치트 에그 또한 얼린 저급 계란?

오더 손님은 독설가 황교일이 데려온 사람.

아무래도 뭔가 잘못되는 느낌이었다.

창혁의 눈은 계속 윤기의 재료를 탐색한다. 조리대에 준비된 건 다 빈치의 등심구이와 양배추 요리 재료들. 그 밖의 다른 것은 보이지 않는다.

지난번 앙금이 남아 빅엿을 먹이려는 걸까?

자칫하면 황교일에게 초대형 빌미를 줄 수도 있는 사안.

'셰프님은 대체…….'

창혁이 초조해지기 시작했다.

고수, 계피, 천초.

이번에는 세 가지 향신료가 나왔다. 셋 다 톡 쏘는 계열의 향이었다. 분량은 천초가 조금 많았다. 남은 한 마리의 생닭고기 목살과 다리 살을 발라 칼로 다진 후에 치댔다. 계란 두 개를 감쌀 수 있는 분량이었다.

준비를 끝내고 찜닭을 꺼낸다. 배에 든 향신료를 덜어 내고 다시 오므려 놓았다. 향신료의 임무는 밖으로 이어졌다. 안에 넣은 향신료 재료에 찜기에서 나온 육수를 섞어 소스를 만든다. 그것들은 다시 꿀과 배합되어 표면에 발라졌다. 붓 작업은 굉장히 섬세했다.

안팎의 일치를 이룬 닭이 숯불 위로 올라갔다. 등심이 익어가는 옆자리, 화력은 등심의 숯불보다 약하지만 달콤하고 알싸한 향은 몇 배나 더 진했다.

그제야 꽁꽁 언 계란의 차례가 왔다. 껍질이 벗겨진다. 창혁의 시선은 아예 고정이었다. 계란이 가는 길에서 눈을 떼지 못했다.

꽁꽁 언 계란 세 개.

물기를 닦고는 다진 닭고기로 감싸 기름 속으로 넣었다.

촤아아.

숲속 바람 같은 소리가 나기 시작했다.

"……?"

창혁이 보니 고수와 천초, 계피 등의 준비물이 사라졌다. 계란 튀김에 들어간 것이다.

고기를 감싼 계란 튀김이라면 스코티시 에그였다. 다진 고기에 들어간 양념과 삶은 계란의 궁합이 환상적이다. 고기의 육즙이 계란의 퍽퍽함을 잡아 주기 때문이다.

고급 레스토랑의 계란은 주로 반숙 상태로 나온다. 반으로 잘랐을 때 흘러나오는 노른자의 황금빛이 매력적인 데다 촉촉한 느낌의 극대화로 먹기도 좋기 때문이었다.

셰프들은 보통 세 가지 타입으로 계란을 응고시킨다. 응고는 분자요리의 개념이다. 계란은 단백질. 단백질은 익는 게 아니라 응고되기 때문이었다.

63℃—흰자는 적당하고 노른자는 액체를 이루는 지점.

65℃—부드러운 흰자와 촉촉한 노른자의 최적 조화의 지점.

68℃—흰자는 탄력적이면서 부드럽고 노른자는 적당히 익는 지점.

수비드 수조라면 63℃에서 75℃ 사이가 세팅 지점이다.

하지만.

이 모든 온도 설정은 날계란일 때의 것이었다.

'냉동이면서 저급한 퀄리티의 계란…….'

창혁은 초조하지만 윤기는 여유로웠다. 튀김을 한 번 저어 주고는 숯불의 닭을 뒤집었다. 뒤이어 등심도 뒤집어졌다. 모두가 눈부신 황금빛이었다.

닭이 먼저 접시에 올라갔다. 볶은 참깨가 솔솔 뿌려지고 장식 허브가 자리를 잡았다. 초록의 장식은 창혁이 처음 보는 허브였다.

요리가 줄을 선다. 스코티시 에그가 세팅되고 다 빈치의 등심과 양배추가 접시에 담겼다. 양배추 위로 파르마산 치즈와 계피가 뿌려지고, 정향과 오렌지꽃 등을 넣어 향을 가미한 와인이 여과되면서 특선 요리가 마감되었다.

"창혁아."

"네?"

"냉동 계란 궁금했지?"

"네."

"하나 남겨 놓을 테니 맛봐라."

"앗, 감사합니다."

창혁의 얼굴이 환하게 펴졌다.

"오늘 요리 향은 좀 자극적이네요?"

카트를 밀고 가던 주희가 중얼거렸다. 덮개를 했음에도 냄새가 새어 나왔다. 사랑과 연기는 감출 수 없다. 셰프에게는 다른 버전의 명언이 있다.

[맛난 요리의 향미는 감출 수 없다.]

"오래 기다리셨습니다."

테이블 앞에서 윤기가 매너를 갖추었다. 주희의 서빙이 이어졌다. 다 빈치 등심구이의 덮개가 먼저 열렸다.

"오."

황교일이 깜짝 반응을 했다. 향의 수증기가 걷히자 등심구의 위용이 제대로 드러났다.

"셰프의 요리는 잘라 봐야 진가를 알게 되죠?"

황교일의 추파였다. 윤기는 자신만만했다. 추파 따위와 상관없이 황교일의 체취에 최적화시킨 요리를 만들었기 때문이었다.

동행의 요리도 개봉되었다.

"타일랜드 카이양?"

닭요리를 본 동행의 미간이 일그러졌다.

"일곱 향신료의 맛을 입힌 한국의 닭요리입니다."

윤기가 정정했다. 황금빛 갈색으로 구워진 닭의 포스. 조금은 투박한 게 태국의 카이양을 닮았다. 요리 방식도 유사했다. 그래도 차이가 엄연하니 이름을 바꿀 수 없었다.

"일곱 향신료?"

동행이 닭을 노려본다. 들어 보지 못한 요리라는 눈치였다.

"태국의 카이양은 후추, 생강, 마늘, 고수 등으로 맛을 내는 숯불구이죠. 하지만 이 요리는 일곱 가지 향신료의 맛을 입힙니다. 원래는 중탕으로 먹지만 향과 비주얼을 살리기 위해 표면을 바삭하게 구웠습니다."

"하지만 작아. 내가 원한 건 미국 닭이잖소?"

결국 태클이 들어왔다.

"이 요리에는 한국 닭을 씁니다. 한국 닭과 최적의 궁합을 이루는 레시피죠. 한국 치킨이 맛없다 하시길래 자존심에 더해 만회의 의지를 담았으니 드셔 보시기 바랍니다."

"한국 치킨의 진가를 보여 주겠다?"

"그 매력 때문에 비싼 호텔을 찾아오신 것 아니겠습니까?"

"이건 스코티시 에그로군?"

그가 화제를 돌렸다. 두 개의 계란 튀김이 구운 오렌지 두 쪽과 초록의 튼실한 허브 위에서 김을 모락거렸다. 모락거리는 김은 결국 동행의 후각 속으로 녹아 들어갔다.

"못 보던 허브인데?"

동행의 질문이 이어졌다.

"당귀입니다."

"당귀?"

"화한 자극을 주지만 부드럽죠. 다른 자극적인 향신료가 뾰족하다면 둥근 느낌이랄까요? 마음에 드실 겁니다."

"그러길 바랍니다."

동행이 와인 잔을 들었다. 황교일이 박자를 맞춘다.

와인 잔을 내려놓은 동행, 그의 선택은 닭이었다.

"이렇게 작은 닭은 어떻게 요리를 해도……."

불만스러운 표정과 함께 닭의 배가 열렸다. 바스락, 마른 낙엽 건드리는 소리가 났다.

"흡."

그가 주춤거렸다. 닭의 배에 숨었던 향의 폭발이었다. 이미 표면의 향신료 냄새를 맡았던 동행. 그럼에도 놀란 건 농도 차이 때문이었다. 안으로 스며든 열기로 농축된 향은 밖의 것과는 비교할 수도 없이 진했던 것.

잠시 콧등을 실룩인 그가 한 점을 베어 물었다.

바사삭.

놀랍도록 맑은 소리에 청각이 반응을 했다. 닭 껍질 부분이다. 얇은 유리 깨지는 것처럼 소리가 청량했다.

바삭.

아사삭.

소리도 맛이다. 그걸 위해 꿀을 동원했다. 열을 받았던 꿀이 굳으면 고체로 변한다. 씹으면 내부에 균열이 생기면서 소리를 낸다. 소리의 높낮이는 수분 조절에 달려 있다. 그것은 또 화력 조절로 이어진다. 이 두 가지가 조화를 이루면 껍질에서 청량한 메아리가 들린다.

바삭.

꿀의 깊은 단맛을 따라 알알한 향신료가 입안에 번진다. 표정 관리조차 할 수 없는 일격이었다.

바삭.

맛깔스러운 소리로 기선부터 제압하는 윤기였다.

"……?"

동행의 동작이 잠시 멈췄다. 윤기를 빤히 보더니 가슴살을 한 점 더 떼어 냈다. 그것마저 넘긴 입술이 촉촉하게 젖었다.

과잉 타액 분비.

그것으로 게임은 끝났다. 맛없는 요리에는 침을 흘리지 않는다. 침이 홍건하다는 건 미각 제어의 끈이 풀렸다는 신호였다.

윤기의 판단대로 씹는 속도가 빨라졌다. 이번에는 다리를 집더니 단숨에 훑어 버렸다. 한입 가득이다. 뜨거운 김을 급하게 불어 내면서도 한 조각이 더 들어갔다.

“호오?”

날카롭던 안면 근육이 야들한 닭다리 살처럼 풀리더니 붉게 상기되기 시작한다. 계피에서 고수, 고수에서 천초. 그 화하고 알알한 맛이 자극을 좋아하는 그의 미뢰에 시간 차 공격을 가했다. 그사이에 달달한 꿀과 도라지의 알싸함이 미묘하게 교차된다. 생강과 청장, 그리고 대파의 달달함도 향의 파도 위에 올라탔다.

자극은 연구개 너머 식도까지 속절없다.

제어 불능.

한 입 들어갈 때마다 뇌 속에 희열의 등불이 켜진다. 등불은 충동이 되어 손과 입에 명령을 내린다.

[먹어]

순식간에, 동행의 닭 접시가 비어 나갔다.

크흠.

괜한 기침으로 체면을 추스른 그. 스코티시 에그로 슬그머니 타깃을 바꾸었다.

“스코티시 에그라? 이거라면 영국의 ‘디너 바이 헤스톤 브루멘탈’ 레스토랑 정도는 되어야 먹을 만하지.”

거드름으로 반을 갈랐지만 그건 그의 착각이었다. 칼질이 끝나기도 전에 황금빛 액체가 흘러나왔다. 진한 액즙처럼 밀려 나온 노른자의 농도. 정말이지 액체 황금처럼 보였다.

“……?”

그가 한 번 더 주춤거린다. 에그의 자태 때문이었다. 갈색 고기 다음 층은 버터를 감아 샛노랗고 또 그다음은 초록의 허브, 눈부신 흰자의 백설층이 이어진다. 다홍의 노른자까지 합치면 다섯 가지 색. 마치 무지개를 잘라 놓은 것 같았다.

더 매혹적인 건 그 안의 향이었다. 뜨거운 기름 속에서 응축되었던 알싸한 향들이 속절없이 피어올랐다. 이미 닭을 통해 그 향의 일부를 맡고 맛본 동행. 더는 음미의 여유와 호사를 부릴 수가 없었다. 목젖이 출렁일 정도로 넘어가는 군침과 함께 반쪽을 집어 들었다.

"후와."

튀김이 입에 가까워지자 호흡이 엇갈렸다. 소위 걸신이 들렸다는 그 표정이었다. 다급하게 호흡을 골랐다. 자칫 돌발성 재채기를 요리에 뿜을 뻔하는 그였다.

지켜보는 윤기는 여유로웠다. 여기는 윤기의 테이블. 일단 앉은 이상 맛의 덫에서 빠져나갈 수 없다. 황교일의 동행이 아니라 하느님이라도.

예외 따위는 없었다.

주희 씨.

긴장으로 뻣뻣해진 주희의 팔뚝을 건드렸다. 두 사람의 와인잔이 비었기 때문이었다. 주희의 잘못이 아니었다. 둘의 흡입 속도가 갑자기 빨라진 것이다.

"이 치킨 요리의 이름이 뭐라고 했었죠?"

스코티시 에그까지 해치운 동행이 질문을 이었다.

"일곱 향을 입은 닭입니다. 마음에 드셨다면 다음에는 오리지널 레시피로 모시겠습니다."

"고수와 계피, 생강, 마늘 등은 알겠는데 낯설면서 짜릿한 맛이 인상적이었습니다. 마라도 아니고 뭐죠?"

"천초입니다."

"천초?"

"한국의 향신료인데 어릿한 자극으로 톡 쏘는 인상을 남기죠. 여운도 길고요."

"그게 한국 닭을 살렸소. 탁월한 선택이었습니다."

비로소 칭찬이 나왔다.

"죄송하지만 천초의 맛을 이끌어 준 친구는 따로 있습니다."

"따로?"

"처음에 물어보신 당귀입니다."

"데코로 올라간?"

"맞습니다. 당귀는 천초에 비하면 파워가 약하지만 향의 길을 뚫어 주지요. 덕분에 다른 향신료들의 반응이 빨라집니다. 선생님처럼 자극적인 향신료를 즐기는 분들에게는 특급 가이드와 다르지 않지요."

"그러고 보니 그 여운이 아직도 입에 남은 것 같습니다."

"한국 닭에 대한 선입견은 어떻습니까?"

아직도 남았나요?

윤기는 그의 입을 통해 듣고 싶었다.

"그건……."

"사견입니다만 한국 땅에서는 한국 치킨이 가장 맛있고 미국 땅에서는 미국 치킨이 가장 맛있을 수 있습니다. 다 유사한 종에 유사한 사료를 먹습니다. 그래도 엄연한 차이가 있으니 자라는 환경이 다릅니다. 한국의 바람과 한국의 흙냄새, 한국의 물… 그 또한 맛을 이루는 요소이니 그렇지 않을까요?"

"……."

"아닙니까?"

"역시 한국 셰프시군. 내 말이 기분 나빴다면 사과하겠습니다."

"저보다 선생님 몸으로 들어간 치킨이 좋아할 것 같습니다."

윤기가 웃었다.

"하지만 한국 치킨 중에서는 최고의 퀄리티를 골라 썼겠죠? 여기 이 스코티시 에그의 계란도?"

"미안하지만 그 반대입니다."

"반대?"

"황 선생님이 계시지만 닭은 흔하게 팔리는 8호였습니다. 한국에서는 10호를 좀 쳐주죠. 그리고 계란 역시 유기농이나 특별한 종계의 알이 아니라 저급한 냉동 계란이었습니다."

"저급? 냉동?"

"계란이 달라 보였죠?"

"맞아요. 야들한 흰자에 황금빛의 노른자… 일반 계란으로는 그런 배합이 나올 수 없습니다. 셰프들이 강조하는 65℃나 68℃, 어느 온도에서도."

"냉동이라면 가능합니다. 얼린 계란의 반란이라고나 할까요?"

"셰프……."

"한국의 치킨을 평가절하 하시니 우리 치킨도 그만한 저력이 있다는 걸 증명하기 위한 선택이었습니다. 결례가 되었다면 양해하시고요, 다음에 오시면 토종닭에 최상급의 계란으로 모시겠습니다."

"……!"

동행은 벌어진 입을 다물지 못했다.

맛없는 한국 치킨.

미국 닭에 비하면 깜도 안 되는 병아리 사이즈. 그런 닭을 재료로 쓰는 요리라면 안 봐도 뻔했다. 그 관념을 윤기가 뒤집어 버렸다. 닭요리의 신세계를 보여 준 것이다. 그것만 해도 놀라운데 재료로 쓴 닭과 계란은 몹시 허접했다. 골든 사이즈로 불리는 10호도 아니고 계란은 냉동 저급 란.

[반전]

오직 셰프의 능력으로 엎어친 한 판이었으니 입이 열 개라도 할 말이 없었다.

"황 선생님은 어떠셨습니까."

동행의 만족을 확인한 윤기가 황교일의 생각을 물었다.

"괜찮았습니다."

반응은 무덤덤하게 나왔다. 황교일이라는 인간의 스타일이다. 등심의 접시는 깨끗하게 비었고 양배추 역시 남은 조각이 없었다. 그럼에도 흔쾌한 칭찬은 하기 싫은 것이다.

"거기는 자리 좀 비켜 주시겠어요?"

동행과 눈짓을 나눈 황교일이 주희에게 말했다.

"좀 앉아 보시죠?"

황교일이 윤기를 바라보았다.

"손님 테이블에는 함부로 앉지 않습니다."

"괜찮습니다."

"셰프의 매너가 아닙니다."

"음, 정 그렇다면 이대로 얘기해야겠군요."

잠시 뜸을 들인 황교일이 입을 열기 시작했다. 갑자기 친절해지니 경계하지 않을 수 없는 윤기였다.

"송 셰프, 실례지만 연봉이 얼마인가요?"

"제 요리와 연봉이 관련이 있나요?"

"그랑 서울이라면 잘해야 1억이겠죠? 아닌가요?"

"그것보다는 좀 많습니다만."

"솔직히 그동안 몇 번 왔었습니다. 송 셰프 요리 먹으러."

"고맙습니다."

"왠 줄 알아요?"

"저는 요리만 알지 관심법 같은 거 모릅니다."

"우리 첫만남은 좀 그랬지만 송 셰프 실력만큼은 높이 삽니다. 그래서 검증차 왔던 겁니다."

"영광이군요. 바쁘신 선생님께 그렇게 여러 번이나 검증을 받다니……."

"송 셰프에게 좋은 일입니다."

"……?"

"단도직입적으로 말하는데 나하고 여기 이 사장님이 새로운 프랜차이즈 아이템을 찾고 있거든요? 송 셰프의 스테이크 아이템이 딱인 거 같은데 어때요? 대우는 최고로 해 드릴 테니 우리랑 손잡으시는 게?"

"스테이크 체인점 말입니까?"

"시장조사를 해 봤는데 요즘 혼밥 세대에 배달 음식 전성기 아닙니까? 코로나 이후로 자기 자신을 위한 셀프 플렉스도 많아지고 방송 보니까 환자식도 가능한 것 같던데 그것도 유망하고… 송 셰프가 지금 여기서 연봉 1억에 썩고 있을 때가 아닙니다."

"저를 스카우트하시겠다는 겁니까?"

"그래요. 우리 이 사장님 기준도 통과하신 겁니다. 이분은 치킨 요리를 보면 셰프의 능력을 알거든요. 굉장히 흡족해하십니다."

"첫 대면 때의 분위기를 생각하면 뜻밖이군요?"

"왜 이러십니까? 내가 우리나라 요리 발전을 위해 쓴소리 많이 하지만 알고 보면 나도 따뜻한 남자입니다."

"그래서요? 저한테 얼마를 베팅하실 생각입니까?"

"연봉으로 하면 그랑 서울의 2배, 기술 지분으로 동업하면 이익금의 3%를 드리죠. 이만하면 업계 최고 대우입니다."

"일단 요리 계산부터 하시고 계속하시죠."

윤기가 주희 쪽을 가리켰다. 황교일은 오늘의 마지막 손님. 계산이 끝나야 마감이 되기 때문이었다.

"기준 가격이 24만 원이군요? 까짓것 50만 원 쏘겠습니다."

황교일이 신용카드를 내밀었다.

"선생님."

계산이 끝나자 윤기가 본론을 이었다.

"제의는 고맙지만 저는 아직 구현하고 실험해야 할 요리가 너무 많습니다."

"송 셰프."

"그러기에는 프랜차이즈보다 여기 환경이 좋고요."

"……."

"오늘 제의는 마음만 받겠습니다. 그럼……."

정중하게 거절하고 일어섰다. 거절의 순간은 짧을수록 좋았다.

"송 셰프……."

황교일이 손을 내민다. 뜨악해하는 그 표정은 보지 않았다. 독설의 황교일. 그래도 사업 안목은 있었다. 그렇기에 발 빠르게 움직인다. 그렇기에 프랜차이즈의 성공 가도를 달리고 있는 것.

제의 자체는 호의적이니 반감도 가지지 않았다.

그랑 서울 연봉의 2배.

그만하면 국내 최고의 대우였다. 게다가 스펙도 변변찮은 어린 셰프. 그런데 칼 거절을 당했으니 어안이 벙벙할 게 당연했다.

아무튼 제안 자체는 나쁘지 않았다. 짧은 시간 동안 몸값이 두 배가 올랐다. 그러나 만족스럽지도 않았다. 윤기가 바라보는 목표는 고작 두 배에 있지 않았다.

열 배.

백 배.

천 배.

만 배.

윤기가 겨누는 미래였다.

퇴근 직전, 김풍원이 식재료를 가져왔다. 원래는 오후 6시 이전에 들어오는데 오늘은 늦었다. 윤기의 오더가 그랬다. 자작나무에 더불어 소나무, 단풍나무, 포플러의 형성층 요청이었다. 가장 큰 문제는 솔방울이었다.

"이건 사람이 못 먹어요."

어제의 일이었다. 김풍원이 구해 온 식재료에 딱지를 놓았다. 자작나무 형성층은 엉망이었고 솔방울도 갓 난 것이 아니었다.

"이 정도면 최상급이라니까요."

김풍원이 난감한 표정을 지었다. 미리 오더를 냈지만 희귀한 재료들이었다. 그러다 보니 윤기의 눈높이를 맞추지 못했다.

"잠깐만요."

백문이 불여일식이다. 전에 쓰던 어린 솔방울과 김풍원의 솔방울을 조리해 내주었다.

"……?"

둘 다 맛을 본 김풍원이 굳어 버렸다. 전에 쓰던 것은 야들한 식감이 있었다. 하지만 오늘 가져온 건 거칠었다. 열매처럼 씹히는 게 아니라 저항감이 있었다.

"다시 구해 보죠."

김풍원은 설득당했다.

다행히 새로 온 것들은 퀄리티가 좋았다. 그중 하나를 깨물어 보는 윤기. 소나무의 청아한 솔 향이 탑탑하게 입안에 번져 갔다.

"좋네요."

윤기의 답이었다. 자작나무 형성층도 어제보다 나았다. 같이 딸려 온 참게와 대나무도 쓸 만했다. 이 식재료는 내일 예약자의 몫이었다. 이것으로 여먹4총사의 식재료 준비를 마치는 윤기였다.

"퇴근들 안 해?"

김풍원에게 주스 한 잔을 대접한 후에 팀원들에게 물었다. 결원은 에르베뿐이었다.

"오늘 먹방 팀 현장 점검 온다고 해서요."

명규가 얼굴을 붉혔다. 그러고 보니 복도에도 조리 팀 직원들이 서성거린다. 연예인들. 그 호기심은 요리사에게도 예외가 아니었다.

"셰프님, 방송국 차가 도착했어요."

자작나무칩을 만들 때 주희가 귀뜸을 해 왔다.

"셰프님."

저만치서 김민영이 달려왔다. 복도가 울리는 것 같았다. 그제야 알았다. 그녀는 혼자가 아니었으니 여먹4총사의 총출동이었다.

"안녕하세요?"

그녀들이 단체 인사를 해 왔다.

김민영을 필두로 이국희, 기영자, 안영애…….

여먹4총사의 면면들이다. 딱 한 명, 안영애를 제외하고는 다들 100kg을 넘나드는 덩치들이었다.

"안녕하세요?"

추 피디와도 악수를 나눴다. 직원들이 모여들기 시작했다. 유 이사에 황 부장, 조리부장과 진 팀장도 있었다. 아, 조리 1팀의 팀장 승진은 결국 진규태에게 돌아갔다.

"최종 조리 테스트에서 1등 하면서 이원익과 동점이 되었어. 어떻게 생각해?"

마지막 심사를 하던 에르베가 윤기의 뜻을 물었다.

진규태.

은서의 고민이 사라지면서 그의 요리에 '내공'이 붙기 시작했다. 어쩌면 윤기의 자극이 한몫을 했는지도 모른다. 하긴 딸의 희귀병 앞에서 장사가 있을까? 그래도 나름 호주 요리 유학을 마친 사람. 딸 때문에 까칠한 성격이었지만 그걸 고치면서 마음의 여유도 생겼다.

"저력은 있는 사람이죠."

윤기의 총평이었다. 에르베의 저울질은 그것으로 해결이 되었다. 결국 진규태에게 좋은 점수를 주었고 그게 그대로 반영이 되었다.

"이쪽이요."

주희가 방송 팀을 안내했다. 영업이 끝난 리폼 홀의 가운데 테이블이었다. 센스 있게 세 개를 붙여 놓아 모두가 공석 중인 자리에 앉을 수 있었다.

"와아, 여기가 천국의 레스토랑 리폼이구낭?"

이국희가 넓은 코를 벌름거렸다.

"야, 체통 좀 지켜라."

연장자 기영자가 슬쩍 핀잔을 준다.

"언니는 체통은 무슨… 난 지금 당장 찍으면 좋겠는데. 그럼 셰프님 요리가 나올 거 아냐?"

안영애는 이미 들떠 있었다. 김민영 덕분이다. 그녀가 홍보를 제대로 한 모양이었다.

"오셨으니 맛보기는 보여 드리죠."

윤기가 주희에게 서빙 사인을 주었다.

"자작나무칩과 투명 토마토주스입니다. 입가심으로 삼아 주세요."

간단하게 세팅된 요리의 설명이 나갔다.

"와아, 이게 자작나무예요? 그냥 감자칩 같은데?"

안영애 목소리가 높아졌다.

"야, 듣는 셰프님 섭섭하게… 흔한 감자하고 자작나무하고 같냐? 너 강원도 자작나무숲 안 가 봤어? 거기 서면 사람이 그냥 요정이 되어 버려. 그렇게 매력진 나무라고."

"흐음, 뚱뚱한 요정은 사양. 날지도 못할 거 같아서."

"얘가 뭘 모르네? 요즘은 요정 나라도 국민소득이 높아져서 체형이 변했어요. 나 정도면 표준이라고."

김민영이 안영애를 닦아세운다. 여먹4총사의 티격태격은 보는 사람을 즐겁게 했다.

아사삭.

바사삭.

자작나무칩은 부서지는 소리부터 맑았다. 그 소리를 따라 윤기의 체취 분석이 시작된다.

여먹4총사.

그녀들의 인생은 어떤 맛으로 이루어졌을까?

제4장

지상 최강의 힐링 요리

다행히 까다롭지 않았다. 둘은 단맛 선호였고 또 둘은 신맛 쪽이었다.

“와아.”

“후아.”

여먹4총사들이 늘어진다. 소리에 놀라고 맛에 놀란다.

“나 좀 봐. 영혼이 맑아지는 거 같아.”

“나도. 자작나무 영령이 내 마음을 열고 들어오잖아?”

4총사들의 감상평도 보는 사람을 즐겁게 했다.

“셰프님, 이거 방송용 멘트 아니고요. 진짜 최고예요.”

조신파인 이국희가 엄지를 세워 준다. 자작나무의 매력에 빠져 버리는 폭식의 요정들이었다.

“주스도 신기해. 생수처럼 맑은데 토마토 향이 진해.”

기영자가 윤기를 바라본다.

"분자요리입니다. 토마토를 갈아 낸 다음에 원심분리를 했죠. 간단히 말하면 막걸리, 차분하게 가라앉은 막걸리의 상층부라고 할까요?"

"와아, 맨날 빨간색만 먹다가 생수처럼 맑으니까 이것도 영혼 정화?"

"내장 정화지?"

4총사들의 멘트가 꼬리를 물고 이어진다.

"아, 나도 이번 촬영에서는 먹방 팀에 들어가고 싶다. 예고편만 먹어 봐도 이런데……."

피디가 울상을 짓는다.

"아유, 우리 추 피디님, 속상하구나? 너무 걱정하지 마세요. 짜투리 정도는 남겨 줄게요."

김민영이 피디를 위로(?)했다.

"자, 그럼 액션?"

자작나무칩이 바닥 나자 피디가 4총사를 바라보았다.

"네."

그녀들이 합창을 한다. 그녀들은 프로다. 공사를 구분할 줄 알았다.

구성작가가 시작이었다. 300화 특집의 콘셉트을 공개했다.

[성자의 셰프 리얼 초자연 힐링 먹방—나무를 먹고 요정이 될 테야—여먹4총사의 절대 불가 요정 도전 편]

재미난 타이틀이 한눈에 들어온다.

“보내 주신 요리를 참고해서 만든 홍보 타이틀이에요. 이미 예고편 나가기 시작했어요.”

“좋네요.”

보기만 해도 웃음이 빵 터지는 문구. 방송용 자막이 툭툭 튀어나오는 기분이었다.

전체 진행에 대한 설명을 듣고 현장 탐색에 나섰다. 주방과 리폼 홀을 돌아본 피디가 촬영 테이블을 지목했다. 카메라 각이 잘 나오는 창가 쪽이었다. 주방에는 카메라 두 대를 설치하는 것으로 끝내기로 했다.

“가장 중요한 게 요리의 분량인데…….”

조리대 앞에서 피디가 윤기를 바라보았다.

“아시는지 모르지만 저희는 대본에 맞추는 먹방이 아닙니다. 4총사들이 그만할 때까지 먹은 다음에 편집을 하게 되거든요.”

“양은 제가 조절해 드리죠.”

“제 말은… 4총사들이 지금 단단히 벼르고 있어서 평소보다 많이 먹을 것 같아서 그러는 겁니다.”

“평소에는 얼마나 먹죠?”

“일반적으로 두당 2인분이 기본이고 필받으면 3인분?”

“그럼 예산 두둑이 준비하세요. 아마도 그 기본의 두세 배를 먹게 될지도 모르니까요.”

“뭐 거기까지는 아니더라도…….”

“피디님.”

“네?”

"제 테이블에서 몇 인분을 먹는가는 제가 결정합니다. 여먹4총사나 피디님이 아니고요."

"네?"

"5인분 정도 될 것 같은데 예산 때문이라면 분량을 줄이셔도 상관없습니다."

"예산은 넉넉합니다. 300회 특집이라 스폰서들 줄 세웠거든요."

"그럼 됐고요, 식사 중에 제 촬영분이 있던데 그건 빼 주세요."

"어? 그러면 그림이 안 되는데?"

"요리나 재료에 필요한 설명은 제 조리대에서 하고 식사 후의 마지막 컷에 등장하게 해 주면 좋을 것 같습니다. 시간을 정하지 않고 왔다 갔다 하면 집중하기 힘들거든요."

"좋습니다. 맨날 똑같은 콘셉트이었으니 한번 바꾸는 것도 나쁘지 않겠네요."

"나머지는요?"

"다른 건 없고요, 테이블 세팅에 두세 테이블만 공석으로 해 주시면 됩니다. 카메라라는 게 각도가 있어서요."

"그건 여기 주희 씨에게 말씀하시죠. 내일 서빙 담당을 하실 겁니다."

"아니, 서빙은 제가 해요."

돌연 이리나가 나섰다.

"네?"

"방송이잖아요? 주희 씨는 새가슴이라 큰일에 약한 면이 있어서요."

이리나가 말하자 주희가 쓸쓸하게 웃는다. 그 미소가 새가슴에 대한 부정이었다. 척 보니 권력에 밀렸다. 그러나 서빙은 연회팀의 권한. 팀장인 이리나가 정하면 어쩔 수 없었다.

"진행 시간은 얼마나 걸릴까요?"

윤기가 피디에게 물었다.

"요리만 무난하게 진행되면 2—3시간이면 됩니다. 30분 정도 리허설하고 바로 진행. 현재 여먹4총사들 멤버가 80회째 손발을 맞추고 있거든요. 80분 만에 끝낸 기록도 있어요."

"알겠습니다."

"그런데……."

"또 옵션이 있나요?"

"우리가 1안과 2안을 가지고 왔는데… 호텔 측만 괜찮다면 2안을 요청드리고 싶습니다."

"그게 뭐죠?"

"1안은 디너 타임 후에 우리만 촬영하는 것, 그리고 2안은… 디너 타임에 손님들이 있는 곳에서 촬영하는 겁니다. 주로 1안 촬영을 했는데 아무래도 300회 특집이다 보니 좀 풍성한 그림이 필요해서요."

"이 팀장님?"

윤기가 이리나의 의견을 구했다.

"재미있을 거 같은데요? 예약 손님들에게 볼거리도 제공하고."

"셰프님은요?"

이리나의 반응을 본 피디가 윤기에게 물었다.

"그렇다면 저도 콜입니다."

윤기까지 입을 맞추면서 사전 조율이 끝났다.

"셰프님 그럼 내일 뵈어요."

"저희 내일 아침부터 굶고 올 거거든요. 잘 부탁드립니다."

"아아, 나는 그냥 지금 당장 시작하면 좋을 거 같은데……."

김민영과 4총사들의 퇴장은 떠들썩했다. 남은 건 카메라와 조명 설치 팀, 그들은 바로 작업에 들어갔다. 사람 없는 시간에 끝내야 하기 때문이었다.

"드디어 우리도 방송에 나가게 되네요? 송 셰프님 덕분에요."

복도로 나온 이리나는 기대감으로 가득했다.

"이 정도에 들뜨면 곤란해요. 앞으로 더 저명한 분들을 모시게 될 테니까요."

"알겠습니다. 셰프님, 그런 의미에서."

이리나가 손을 내밀었다.

짝.

하이 파이브 소리와 함께 전야가 마무리되었다.

다음 날 아침, 윤기는 조금 일찍 나왔다. 나무의 형성층 손질 때문이었다. 그런데 리폼 홀에 불이 들어와 있었다. 주희였다. 출근 시간이 되기도 전에 나와 화분을 정리하고 있었다.

"어머, 셰프님."

윤기를 보더니 반색을 한다.

"뭐예요? 설마 밤새운 거?"

"조금 전에 왔어요. 방송국 촬영이 마음에 걸려서요. 혹시라도 먼지나 찌꺼기 같은 게 남았으면 곤란하잖아요."

주희는 화초의 잎을 닦고 있었다. 실내 화초에는 먼지가 잘 낀다. 그러나 자칫 소홀히 넘어가는 일들. 새삼 그녀의 책임감이 선명하게 보였다.

불은 주방에도 켜져 있었다. 작당을 하고 있던 경모와 명규, 창혁이 윤기를 보자 화들짝 놀랐다.

"내 욕 하고 있었어요?"

윤기가 묻자 경모가 창혁의 등을 밀었다.

"셰프님 이거요."

창혁이 작은 포장 하나를 내밀었다.

"뭔데?"

"특별 보너스 탔잖아요? 저희가 조금씩 모아서 나무 향 향수 하나 샀어요. 셰프님이 나무 좋아하시니……."

"무슨 소리야? 각자 고생한 보상인데 왜 내 선물을? 이런 거 못 받아."

윤기가 잘라 버렸다. 마음은 고맙지만 바람직한 일이 아니었다.

"송 셰프, 그래도 기왕 사 온 건데……."

경모가 울상을 짓는다.

"선배 주동이에요?"

"주동이라기보다는… 나 혼자 작은 선물 하나 마련해 주려고 인터넷 쇼핑 하다가 들켰잖아? 걔들이 기왕이면 같이하자고 하길래… 에르베 셰프 것까지 두 개……."

"……."

"미안해. 우린 그냥 고마운 마음에……."

"고맙긴 뭐가 고마워요? 다들 열심히 일하고 자기 보상받은 건데."

"그래도……."

"좋아요. 다시는 이런 거 안 한다고 약속하면 받을게요."

"안 할게. 진짜로 약속해."

"저도요."

명규와 창혁도 합창을 한다. 이렇게들 나오니 어쩔 수 없었다. 구석으로 나와 시향을 했다. 신선하고 은은한 백단나무 향이다.

"오, 샌들우드."

에르베도 마음에 드는 눈치다. 선물을 받았으니 커피를 쏘고 하루를 시작했다.

"왔어요."

오후가 되자 주희가 방송 팀의 도착을 알렸다. 디너 시간 직전이었다.

"셰프님."

여먹4총사가 정식 등장을 했다. 어제와는 포스가 달랐다. 의상도 그렇고 메이크업도 그랬으니 주변의 시선을 한 몸에 받았다.

호텔이 분주해졌다. 방송국은 방송국대로 바빴고 주방은 주방대로 바빴다. 리폼에 들어오는 손님들도 그랬다. 이제는 방송이 익숙한 시대. 옛날처럼 녹화 테이블 근처로 몰려들지는 않지만 관심만은 숨기지 못했다.

촤아아.

요리의 시작은 상긋한 나무 형성층들이었다. 감자처럼 슬라이스로 썰어 낸 재료는 네 가지였다.

자작나무.
소나무.
단풍나무.
그리고 버드나무.

재료가 네 가지인 건 여먹4총사의 구성원에 맞춰 주는 배려였다. 이 나무칩의 짝꿍은 철관음우롱차 대신 액상 타르트 타탱으로 준비했다. 이 또한 원심분리의 분자요리였으니 캐러멜화 한 사과즙에 곶감즙을 넣어 새콤달콤 식욕 상승을 겨누는 윤기였다.

"셰프님, 반응 끝내줘요."

애피타이저를 내주고 온 주희 목소리가 컸다.

"그럼 메인으로 돌입합니다."

윤기가 총지휘에 들어갔다.

솔잎 페스토의 파스타는 경모가 돕고 있고, 가리비 손질은 명규가 맡았다. 창혁의 밥 짓기 역시 대령을 마치고 있었다.

치이잇.

지우더화가 완성되는 동안 버터를 입은 가리비 관자가 오븐에서 나왔다. 노랗게 익었으니 금빛 위엄이다. 그것만으로도 침샘 폭발인데 방금 썰어 놓은 생 화이트 트러플까지 솔솔솔. 라이스 요리에 곁들일 가니쉬들도 착착 진행이 되었다.

"주희 씨, 요리 나왔어요."

인터폰에 상황을 전했다. 이제 4총사가 기다리는 테이블로 직행하면 되는 요리들. 바로 그때 주희가 헐레벌떡 달려왔다.

"셰프님."

모두의 시선이 집중되었다. 척 봐도 사고가 터진 눈치였다.

"뭐죠?"

윤기가 물었다.

"여먹4총사 김민영과 이국희에게 응급 상황이 생겼어요. 아무래도 오늘 녹화 힘들 것 같다는데요."

"……?"

쉣!

녹화가 힘들어?

요리는 전부 진행 중인데?

녹화 현장은 어수선했다. 가까운 테이블 손님들도 그랬다. 4총사의 테이블이 소란스러우니 식사에 전념하지 못하고 기웃거리는 모습이었다.

"셰프님."

현장을 지켜보던 이리나, 얼굴이 그새 창백해져 있었다.

사달이 난 건 김민영과 이국희였다. 스태프들도 그녀들에게 몰려들었다.

"어떻게 된 거죠?"

윤기가 피디에게 물었다.

"아, 송 셰프님."

"문제가 생겼다면서요?"

"이거 죄송하게 되었습니다. 민영 씨와 국희 씨가 돌발 사고예요."

"돌발?"

"녹화가 시작되는 동시에 거짓말처럼 저렇게……."

피디가 두 여자를 가리켰다. 두 여자는 가슴을 두드리며 들썩이고 있었다.

딸꾹, 딸꾹…….

딸국질이다.

좀 심했다.

"딸국질요?"

"처음 있는 일인데 굉장히 심하네요. 물도 마시고 등도 두드리면서 괜찮아질 때까지 기다리려 했는데 점점 더 심해지고 있어요. 아무래도 병원으로 가 봐야겠습니다. 이봐, 촬영 접고 빨리 차량 대기시켜."

피디가 스태프에게 철수 지시를 내렸다.

"잠깐만요."

"죄송하게 되었습니다. 녹화 일자는 차후에 다시 잡도록 하겠습니다."

"그게 아니고요, 제가 해결할 수 있으니 잠깐만 기다리세요."

"셰프님이요?"

"잠깐 좀 볼까요?"

윤기가 테이블에 다가섰다.

"너무 심해요."

두 멤버를 돌보던 기영자와 안영애가 고개를 저었다. 그녀들 틈새를 비집고 김민영의 손목을 잡았다. 이국희보다 심한 상태기 때문이었다.

딸꾹질의 원인은 요리의 가짓수만큼이나 많았다. 아주 뜨겁거나 차가운 음식을 먹었을 때를 시작으로 긴장과 스트레스까지.

"색색의 나무칩을 집어 들더니 약속이나 한 듯이……."

기영자가 울상을 짓는다. 그렇다면 긴장이나 기대감 때문이었다. 심리적인 요인이라면 문제는 더 간단했다.

손목의 혈자리를 지그시 눌렀다.

딸꾹.

멈추지 않았다. 눈물까지 머금은 김민영이 고개를 저었다. 두어 번 더 진행을 했다. 이 혈자리는 딸국질부터 체한 것까지 잡아 준다. 하지만 상태가 심하다 보니 잘 먹히지 않았다.

"셰프님."

피디도 고개를 젓는다. 언제 왔는지 에르베와 리폼 팀원들도 고개를 젓는 게 보였다. 윤기의 요리 실력은 S급이다. 그들도 인정한다. 그렇다고 의사는 아니기 때문이었다.

"뭐 해? 빨리 부축해서 차에 태워."

피디가 스태프를 재촉했다.

"잠깐만……."

그들을 막은 윤기가 김민영의 등으로 돌아갔다. 어깨의 능형근과 극하근 부근이었다. 여기도 혈자리가 있다. 심한 딸국질에 쓰인다. 김민영의 딸꾹질 호흡이 가라앉는 순간, 그 혈자리를 눌렀다.

"아우."

김민영은 끝내 눈물을 쏟았다. 기다리고 기다리던 300회 특집이었다. 어젯밤부터 윤기의 요리가 아른거렸다. 그리하여 마침내 그 요리 타임이 돌아온 지금.

하필이면 딸꾹질이라니… 이렇게 심해 녹화조차 할 수 없다니. 윤기와 4총사 멤버들, 스태프 볼 낯이 없지만 점점 심해지는 딸국질… 미안한 마음까지 겹치니 견딜 수가 없었다.

딸꾹.

그럼에도 미친 딸국질은 점점 가속도가 붙었다. 이제는 목구멍과 어깨까지 아플 지경…….

그 와중에도 그녀의 눈은 몰려든 호텔리어들과 손님들로 가득 찼다. 딸꾹질 때문에 녹화를 이어 가지 못하다니, 이런 수치가 없었다.

"셰프님……."

그녀도 고개를 젓는다. 윤기의 시도가 애처로운 모양이었다. 등 쪽의 혈자리도 먹히지 않았다. 김민영의 살 때문이었다. 부축하는 스태프를 밀어내고 포크를 집었다.

"……?"

피디의 눈이 휘둥그래졌다. 그 우려를 뚫고 윤기의 손이 움직였다. 포크를 거꾸로 잡고 김민영의 혈자리에 강압박을 가한 것이다.

"조금만 참으세요."

당부와 함께 포크에 힘이 들어갔다. 한 번, 두 번, 세 번… 네 번째 압박에서야 주변의 근육들이 풀어지는 느낌이 왔다.

순간.

김민영은 짜릿한 통증을 느꼈다. 본능적으로 고개가 등으로 향하는 순간, 몸이 가벼워지는 느낌이 들었다. 믿기지 않게도 딸꾹질이 멈춘 것이다.

"어머?"

김민영이 고개를 들었다. 숨을 골라 본다. 내쉬기도 하고 들이쉬기도 한다. 아무리 참으려고 해도 규칙적으로 밀고 나오던 용암 같던 분출. 끅끅거리던 딸꾹질이 멈춘 것이다.

"셰프님……."

김민영이 윤기를 바라보았다.

끄덕.

신호를 받은 윤기가 기영자를 바라보았다. 그녀가 이국희 옆에서 물러났다. 이번에는 처음부터 등 쪽이었다. 김민영 못지않은 살집의 이국희. 그 등의 혈자리를 세 번 자극하자 트림과 함께 그녀의 딸꾹질도 사라져 버렸다.

"어머, 나 괜찮아졌어."

이국희가 소리쳤다.

"와아."

스태프와 손님들이 탄성을 질렀다. 아수라장이던 테이블을 평정하는 윤기였다.

* * *

"셰프님."

피디는 믿기지 않는 표정이었다.

"요리사를 하다 보면 간간이 체하거나 딸꾹질, 혹은 폭식 문제가 생기거든요. 거기에 대비해 응급 처방으로 배운 것뿐입니다."

"그래도 이건 아예 한의사 이상이잖아요?"

"요리 계속 진행해도 될까요? 사실 이미 진도가 많이 나갔거든요."

"민영 씨, 국희 씨."

피디가 두 사람의 상태를 물었다.

"저는 괜찮아요."

김민영이 답했다.

"저는 오히려 컨디션이 좋아졌어요. 요즘 위가 부은 듯 더부룩해서 내과에 다니고 있었는데 그런 느낌도 깨끗하게 사라진 것 같아요."

이국희의 표정은 더 밝았다

"그럼 진행하죠. 현장 정리할 테니 요리 준비해 주세요."

피디의 결정이 떨어졌다.

짝짝짝.

윤기가 돌아서자 스태프와 손님들의 기립 박수가 쏟아졌다. 그들을 향해 인사를 하고 복도 쪽으로 나왔다.

"송 셰프."

유 이사가 윤기를 불렀다.

최고였어.

윤기를 향해 엄지척을 쾌척해 준다. 가벼운 목인사로 답례하고 주방으로 걸었다.

"우와, 우와……."

감탄은 주방에서도 이어진다. 에르베와 팀원들이었다.

"송 셰프, 이 손은 정말 미다스의 마법 손이라니까."

에르베가 윤기 손을 잡았다.

"이제는 요리 마법 시간인데요?"

"아차."

에르베가 손을 놓아 주었다. 테이블이 정리되는 대로 요리가 나가야 한다. 윤기는 그걸 잊지 않고 있었다. 다시 한번 플레이팅을 점검했다. 세심하다. 가니쉬 하나 흐트러지는 것도 용납되지 않는다. 작은 소재 또한 요리의 얼굴이기 때문이었다.

주희가 들어오자 바로 카트에 실렸다.

"홀은 괜찮아요?"

"생수 한 잔씩 마시더니 팔팔해졌어요."

주희의 답이었다. 딸꾹질이라면 식사에 문제가 될 것도 없었다.

"자, 나머지 요리 계속 진행하세요."

윤기가 팀원들을 리드했다.

사르르.

솔잎 새순이 분쇄기 안에서 돌아갔다. 자작나무 껍질로 만든 스파게티도 끓는 물 속으로 들어갔다. 옆에서는 푸근한 닭 육수가 보글거린다. 윤기가 움직이자 재료의 냄새가 공기를 따라 너울거렸다. 나무 향이 가득하니 작은 숲이 따로 없었다.

냉장고에 재워 둔 꼬냑 칵테일을 꺼냈다. 달달하고 풍성한 향이 매력인 베렌아우스레제. 꼬냑과 약간의 위스키에 라벤더와

엘더베리를 더한 향은 맑은 유리병 안에서 더 감미로워졌다.

병 입구에 여과망을 씌우고 리본을 묶어 그대로 내보냈다. 여과의 시간을 아낀 것은 아니었다. 식사 후의 요리 설명에 필요하기도 했고 눈요기도 되기 때문이었다.

냉장실 안에는 또 다른 오크 통이 식어 가고 있었다. 속은 비었지만 요리의 일부가 될 통이었다.

"셰프님, 1인분 추가입니다."

오래지 않아 주희의 오더가 들어왔다. 주문과 함께 바로 플레이팅을 했다. 상쾌한 솔잎 페스토 위에 올라가는 자작나무 스파게티는 눈 시린 황녀의 자태와 다르지 않았다. 주먹밥식으로 가볍게 모양을 잡은 쌀밥도 그랬다. 황금빛 가리비가 놓이고 그 위로 쏟아지는 생 화이트 트러블은 환상 자체였다. 눈만 호강하는 게 아니었다. 후각도 정신없이 홀리고 있었으니 따끈한 가리비 위에 떨어진 트러블의 향이 그 주역을 맡았다.

꿀꺽.

지켜보던 경모와 창혁, 경모가 동시에 군침을 삼켰다.

카트가 들어오자 창혁이 요리를 올려 주었다. 윤기는 밥알 몇 개를 입에 넣고 우물거렸다. 손에 묻은 트리플 향이 밥알에서 묻어났다.

좋았어.

다음 1인분을 위해 자작나무 스파게티를 한 줌 쥐었다. 팔팔 끓는 물은 윤기가 넣은 스파게티를 부드럽게 품어 주었다.

무아지경.

윤기는 점점 더 그 단어에 가까워지고 있었다.

'3인분째…….'

피디는 테이블을 주목하고 있었다. 다른 회차와 분위기가 달랐다. 이전의 방송 분량에서 4총사들의 먹성은 연기였다. 자연스럽게 보이려 애써도 피디 눈에는 보였다. 음식이 바뀌고 식당이 바뀌어도 변하지 않았다.

오늘은 달랐다.

먹는 모습에서 우아함이 느껴졌다. 지난 회차에서 지적한 루틴과 판박이 멘트도 나오지 않았다. 4총사가 아니라 요리가 방송을 리드하는 것만 같았다.

"권 작가."

피디가 구성작가를 불렀다.

"네?"

"총사들 말이야, 진짜 요정이나 황후 같지 않아? 먹는 동작 하나하나와 씹는 입 모양까지도?"

"어머, 저도 지금 그 생각하고 있었어요."

"권 작가가 따로 요청한 거야?"

"아뇨. 워낙 베테랑들이시……."

"베테랑의 치명타가 뭔 줄 알아?"

"매너리즘요."

"그걸 극복하고 있다면 진짜 요리 때문이라는 건데……."

"그런 것 같아요. 저 요리, 정말 보기만 해도 눈이 정화되는 것 같아요."

"권 작가, 침 닦아."

"어머."

"3인분째야. 어떻게 생각해?"

"슬슬 엔딩 준비해야 하지 않겠어요?"

"아니, 5인분까지 달릴 거야."

"네? 총사들 이미 풀 게이지 초과예요. 제 생각에는 이번 접시가 끝이라고요."

"저 요리, 범상치 않은 건 인정하지?"

"네."

"저 요리 만든 송 셰프가 한 말이야. 5인분."

"아무리 그래도 5인분은……."

"나도 그렇게 말했는데 지금 보니까 그 말이 맞을 것 같아. 기영자 접시 좀 봐. 벌써 반 이상 비워졌어. 넷 중에서 식사 게이지 용량 제일 적은 거 알지?"

"……."

피디의 말은 팩트 체크였다. 다른 때 같으면 기영자는 이미 섭취량 조절에 들어갔다. 음식에 대한 사설을 늘어놓으며 먹는 양을 줄인다. 하지만 지금은 아니었다. 다른 사람 못지않게 맞불을 놓고 있으니 적어도 1인분 추가 정도는 문제가 없을 기세였다.

4인분째 등장.

그 또한 오래가지 않았다.

"여기요, 1인분 추가요."

제일 먼저 접시를 비운 김민영이 또 오더를 냈다.

"저도요."

이국희가 그 뒤를 잇는다.

"나도 더 먹을래."

기영자까지 합류하니 마침내 5인분째 요리가 세팅되었다.

"기가 막히네."

추 피디는 할 말을 잃었다. 4인분이나 5인분의 기록이 없었던 것은 아니었다. 하지만 그때의 콘셉트은 대량 폭식이었다. 오늘은 그 반대의 콘셉트. 게다가 밥이 딸린 요리였다. 그럼에도 불구하고 총사들의 식욕은 여전히 진행형이었다.

핵심은 윤기 말대로 되고 있다는 것.

그것은 곧 식사량 조절의 주인공이 4총사의 위장이 아니라 윤기라는 뜻이었다.

'이거 대박 나겠는데?'

추 피디가 중얼거렸다. 이렇게 착착 들어맞을 때는 제대로 터진다. 처음에는 그리 대수롭지 않게 여겼던 일. 이제는 시청률 한 번 제대로 터질 것 같은 감까지 오고 있었다.

"아, 너무 행복하다."

마지막 파스타를 말아 넣은 김민영이 몸을 늘어뜨렸다.

"나도. 요리가 아니라 영혼의 에너지를 먹은 느낌이야."

"내 말이."

총사들의 표정에서 만족감이 흘러내렸다.

"언니는 뭐가 제일 맛있었어?"

김민영이 기영자에게 물었다.

"황금 가리비, 화이트 트러플하고의 그 따스틱한 앙상블이라니……."

기영자가 몸을 꼬았다.

"언니는?"

질문이 안영애에게 넘어갔다.

"나는 밥, 세상에 태어나서 이렇게 맛난 밥알은 처음이었어. 뭐랄까 신선의 라이스?"

"맞아. 그러고 보니 밥맛이 거의 예술."

기영자가 맞장구를 친다.

"여기 셰프님 대체 뭐래? 요정 나라의 요리사셨나? 나무 튀김에 솔잎 페스토, 흙에서 나온 트러플, 심지어는 칵테일에도 라벤더가 둥둥… 온통 풀과 나무로 이런 맛을 내다니……."

"오, 언니, 요리 주제 제대로 관통?"

이국희가 전율하자 김민영이 맞장구를 쳐 주었다.

이제 윤기가 등장할 차례였다.

"셰프님 오신다."

윤기를 본 김민영이 옆자리를 비켜 주었다.

"디저트입니다."

윤기가 접시를 내려놓자 4총사들이 자지러졌다.

"까아."

"왕관이잖아?"

4총사의 시선이 숨 가쁘게 몰렸다. 접시에서 빛나는 건 한입 크기의 황금빛 왕관 튀김이었다.

"이 예쁜 걸 어떻게 먹어요?"

기영자가 손을 저었다.

"그럼 치울까요?"

"그건 더 안 되죠."

기영자는 몸을 던져 접시를 사수했다.

"저 유명한 카트린 여왕께서 좋아하던 멜론 튀김입니다. 오늘 황후를 위한 힐링 요리의 완성판이니 드시죠."

윤기의 설명이 나오자 4총사들이 다투어 튀김을 집었다.

콰삭.

첫 감동은 바삭한 청각이었다. 그 뒤로 부드럽고 달콤한 맛이 녹아 버린다. 튀긴 멜론은 첫사랑의 고백보다 달콤했다. 그렇기에 눈을 뜨지 않는다. 다들 그 몽환에서 헤어나고 싶지 않은 표정들이었다.

"너무 해피하다."

"나도… 진짜 황후가 된 기분이야."

4총사들의 표정근이 흐물거렸다.

"튀김옷은 황금을 상징하는 호박 가루를 입혔고요, 마스카포네와 계란에 오렌지 즙을 한 방울 떨궜습니다. 멜론은 왕관 디자인 모양으로 잘라 올리브유에 튀겼는데 호박의 푸근한 단맛이 멜론의 싱그러운 단맛과 조화를 이루고 있으니 여러분의 연예 활동이 왕관처럼 고귀하고 높아지라는 기원입니다."

윤기의 품격이 높아 간다. 이런 건 안드레아가 밥 먹듯이 하던 사교였다. 피디는 그걸 보고 있었다. 이 셰프, 요리만큼이나 기품도 심상치 않았다.

"아, 이런 건 애들 몰래 나 혼자 쟁여 놓고 먹어야 하는 건데……."

기영자는 아쉬운 표정이다.

"아까는 고마웠어요. 셰프님 아니었으면 이 맛난 요리를 다음으로 미룰 뻔했잖아요."

딸꾹질의 주인공 이국희가 윤기 팔짱을 끼었다.

"그런데 셰프님, 혹시 우리가 소나 염소로 보인 건 아니죠?"

큰 언니 기영자의 개그가 작렬한다. 그녀들의 멘트는 일반 손님들과 달랐다. 방송으로 단련된 까닭에 순발력과 상상, 비유까지 넘나들고 있었다.

"너무 자연 친화적인 요리였나요?"

"시작부터 그랬죠. 나무껍질부터 먹이시다니."

기영자가 빈 접시를 가리켰다. 그러더니 접시를 끌어안는다. 나무 튀김의 중독에 걸린 것이다. 윤기가 신호를 하자 주희가 나무껍질 튀김을 더 가져왔다. 주희는 보조, 화면에 잡히는 테이블 세팅은 이리나 몫이다. 주희에게 접시를 받아 든 이리나. 우아하게, 더욱 우아하게 접시를 올려놓았다.

"와아."

멤버들이 손이 접시로 몰려들었다.

"어허. 다들 잿밥에 관심이네? 지금 셰프님 말씀하시는데……."

유리한 위치를 선점한 이국희는 접시를 감싸며 철통 방어망을 펼쳤다.

"이게 아시다시피 네 가지 나무껍질 튀김입니다. 나무껍질이라고 하니 사람이 먹을 수 있나 하시겠지만 형성층이라고 껍질 안의 속살은 식용이 가능합니다. 실제로 이걸 먹는 민족들도 많고요."

윤기 설명이 나오자 4총사들이 청각을 곤두세웠다.

"원래는 한두 가지만 내는데 오늘은 소나무와 자작나무, 포플러와 단풍나무의 네 가지를 요리했습니다. 여러분이 개성 강한 4총사시니 각각의 기호에 맞춘 맞춤형 요리였는데 눈치챘을까요?"

"에? 여기에 그렇게 깊은 뜻이 있었어요?"

기영자가 윤기를 바라보았다.

"이 네 가지, 각자 입맛에 맞는 게 달랐죠?"

"네."

"제가 한번 맞혀 볼까요?"

"그걸 맞힌다고요? 어떻게요?"

4총사가 서로를 돌아보았다.

"왜냐면 제가 의도한 것이니까요."

"……?"

"각자의 소지품 하나씩 꺼내서 소분 접시에 담아 주시겠어요?"

4총사가 그 요청에 따랐다. 그사이에 윤기는 네 가지 나무칩을 각각의 접시에 담아 놓았다.

"자, 이제 각자 가장 입맛에 맞았던 튀김을 하나씩 집어 보세요."

소분 접시를 가린 윤기가 4총사에게 말했다.

"그거야 어렵지 않죠."

기영자를 필두로 4총사가 나무 튀김을 집어 들었다. 그러자 윤기가 가렸던 소분 접시의 한지를 걷었다.

"어머."

4총사가 복사판 비명을 질렀다. 그녀들 손에 든 튀김과 소지품 위에 올려진 튀김이 똑같았다.

"말도 안 돼."

"그러게? 셰프님은 혹시 우리 먹는 거 훔쳐본 스토커?"

4총사들이 웅성거렸다. 실제로 그랬다. 네 가지 나무 튀김은 한 접시에 담겨 나왔다. 하지만 맛을 본 후에는 손길이 나뉘어졌다. 김민영은 포플러였고 기영자는 단풍나무, 안영애는 소나무였으며 이국희는 자작나무 튀김을 주로 공략했다.

"근거를 말씀드리죠. 우선 김민영 씨, 루바브 좋아하시죠?"

"어떻게 알았어요? 저 루바브 킬러예요."

김민영이 반응했다. 루바브는 줄기가 빨간 채소다. 근대와 비슷하게 생겼다.

"포플러에서 그 맛이 나지 않았어요?"

"어머, 그러고 보니……."

"포플러는 루바브의 맛에 마누카꽃의 향이 섞여 있어 뒷맛이 달큰하죠. 단맛 성향이라 끌릴 수밖에 없어요."

"어머어머."

김민영이 뒤집어진다. 루바브를 예로 든 건 단맛이 있기 때문이었다.

"다음으로 기영자 씨는 단풍나무 튀김, 요건 사실 별맛이 들어 있지는 않거든요. 투명하게 심심한 맛인데 그런 맛 좋아하시잖아요?"

"빙고."

"안영애 씨는 씁쓸하고 탑탑한 맛을 좋아하니 소나무, 마지막으로 이국희 씨는 개운한 느낌 쪽이라 자작나무."

"아이고, 셰프님인 줄 알았더니 MRI네, MRI."

설명이 끝나자 기영자가 혀를 내둘렀다.

"나무의 마법사시네. 그런데 셰프님, 기왕이면 이 칵테일도 나무통에 넣어 주시지 그랬어요? 나무 재료가 많았으니 케미가 더 잘 맞았을 거 같은데?"

안영애는 조금 아쉬운 표정이었다.

"그랬으면 더 좋았을까요?"

"네, 테이블 풍경도 잘 맞았을 것 같고요."

"그럼 그렇게 하죠 뭐."

윤기가 신호하자 칵테일 잔 네 개와 함께 차갑고 작은 오크통을 가져왔다. 유리병에 남은 칵테일을 오크 통에 부었다. 뚜껑을 닫고 가볍게 전도 혼합을 한 후에 빈 잔에 따랐다.

"맛을 비교해 보시죠."

윤기의 권유와 함께 칵테일 시음에 들어가는 여먹4총사. 그녀들의 반응은 바로 튀어나왔다.

"어머."

"저거보다 맛이 없네?"

"정말."

4총사가 윤기를 바라보았다.

"나무 향이 좋다지만 아무 데나 쓸 수 있는 건 아닙니다. 이유는 꼬냑 향이 강하기 때문이죠. 원재료가 강한데 용기까지 강하면 두 향의 대립이 일어나 맛을 망칩니다. 만약 와인이 베이스라면 가능합니다. 그때는 유리병이 아니라 오크 통 속에 둔 게 더 맛나게 변하죠."

"우와."

"그렇다고 방법이 없는 것은 아닙니다. 꼭 나무를 쓰고 싶으면 향이 약해진, 오래된 나무통을 사용하면 됩니다. 유감스럽게도 이 예약 기한이 촉박한 관계로 그런 오크 통을 구하지 못했습니다. 나중에 다시 와 주신다면 안영애 씨를 위해 오래된 소나무나 편백나무 통을 따로 준비하겠습니다."

"나, 나는요?"

이국희가 질세라 손을 들었다.

"그쪽은 당연히 자작나무 통을 준비해야겠죠."

"자작나무… 말만 들어도 행복해진다."

이국희는 또 한 번 몸을 떨었다.

대미는 솔잎 페스토와 어린 솔방울의 설명이었다.

"솔잎은 신선이 먹는 식재료잖아요? 그런 마음으로 접시에 담아냈으니 다들 황후에 신선의 하루가 되시기 바랍니다."

"그렇죠? 진짜 오늘은 먹는 대로 찌는 게 아니라 먹는 대로 빠지는 기분이었어."

"나도 좀 그렇기는?"

김민영과 기영자가 중얼거리자 이국희가 인증 요청을 날렸다.

"그 말 책임지려면 저울에 올라가야지?"

기영자가 그냥 넘어가지 않았다.

"그럼 말 나온 김에 단체로 올라가자."

김민영 또한 그냥은 전사(?)하지 않았다.

맛있으면 0칼로리.

그건 진짜 맞는 말일까?

즉석에서 돌발 검증이 시작되었다. 연예인들에게 체중 공개는 다소 부담스러운 일. 구성작가가 머리를 써서 어린 손님 남매에게 검증을 맡겼다. 방송 시작 전에 체크한 몸무게를 넘기고 비교를 부탁한 것이다. 4총사는 식사 전에 체중을 재는 게 관행이었다. 나름 건강 관리를 하려는 제작진의 배려였다.

"네가 발단이니까 1타로 올라가."

기영자가 김민영의 등을 밀었다. 숨을 고른 김민영이 저울 위로 발을 올렸다.

"어때?"

시선을 허공에 둔 채 아이들에게 물었다. 큰 아이 손에는 사전 체크 몸무게가 있었다.

"줄었어?"

"……."

"그럼 늘었어?"

"……."

"그럼?"

"똑같아요."

"응?"

김민영은 그제야 디지털을 확인했다. 아까 체크한 몸무게와 같은 숫자가 반짝이고 있었다.

"대一박."

김민영이 환호를 했다. 몸무게가 증가하지 않았다는 건 줄었다는 것과도 통하는 의미였다.

"진짜?"

멤버들이 우르르 몰려와 확인을 한다.

"진짜네?"

"말도 안 돼."

"비켜 봐."

이국희가 김민영을 밀었다. 그녀가 체중계에 올라섰다.

"100g 많아요."

큰 아이가 말했다.

"겨우 100g?"

이국희도 반색을 했다. 기영자도 비슷한 결과를 냈다. 대반전은 자칭 근육파 안영애였다.

"200g 적어요."

아이들의 판정이 나오자 모두가 환호를 했다.

맛있게 먹으면 0칼로리.

살에 대한 위로에 불과한 말이었다. 과학적으로도 그랬다. 주입이 되는데 어떻게 총량 증가가 되지 않을 것인가? 하지만 오늘 요리는 그랬다. 인간은 경험의 동물. 직접 먹은 4총사가 증명이었으니 이론의 여지가 없었다.

"셰프님."

4총사가 윤기에게 엄지척을 헌정했다.

"이번 편 느낌 진짜 좋습니다. 시청률 기대해 주세요."

추 피디도 기대감을 숨기지 않았다.

짝짝짝.

우렁찬 박수와 함께 녹화가 마감되었다. 이날 방송 팀이 계산한 가격은 기준 가격의 2배였다. 안영애의 마무리도 예술이었다.

"자자자, 몸무게 안 늘었으니까 조금 전의 것은 통편집하고 다시 힐링 먹방 녹화 가죠?"

"콜."

4총사의 화답과 함께 녹화가 끝났다.

찰칵.

기념 촬영이 이루어졌다. 남는 건 사진뿐이다. 이리나가 재빨리 윤기 옆에 자리 잡는다. 윤기가 주희를 불렀다. 이리나 뒤에서 치다꺼리를 한 건 주희. 이리나는 받아먹었을 뿐이니 이렇게라도 챙겨 주고 싶었다.

찰칵.

사진이 그 마음을 기록해 주었다.

짝짝.

복도로 나오자 조리 팀원들이 박수를 보내 왔다. 진규태와 팀원들이었다. 유 이사와 황 부장 등도 동참을 했다. 오늘 녹화의 주인공은 누가 보아도 윤기와 요리였다. 4총사의 들러리가 아니었으니 그녀들이 오히려 그런 역할이었다.

주방 안에서 리폼 멤버들과 하이 파이브를 나누었다. 들뜨지는 않았다. 윤기에게는 아직 VIP 테이블이 남아 있었다. 중국 사업가 송야쉔. 그의 예약이었다.

"셰프님."

디너 타임이 끝나고 대충 식사를 마쳤을 때 주희가 그의 도착을 알렸다.

"안녕하세요?"

예약석 앞에서 그와 다시 만났다. 송야쉔은 깡마른 중년의 중국 여자와 함께였다.

체취의 결이 다르니 부부는 아니었다. 부부에게서는 비슷한 체취가 난다. 취향이 달라도 공통점이 있다. 그렇다고 연인은 아니었다. 연인 역시 체취를 닮는다.

'사업 파트너.'

결론은 어렵지 않았다.

"라이언 헤드와 해황, 그리고 대주간슬. 다른 걸 끼우고 말고는 셰프의 재량에 맡깁니다."

송야쉔의 오더는 미리 예약한 그대로였다.

"음료는요?"

윤기가 중국어로 물었다.

"황제의 요리이니 황제가 마시는 걸로 세팅해 주세요."

"알겠습니다."

"그런데… 노파심에서 하는 말인데 그 요리들, 정말 가능합니까?"

"물론이죠."

"여기 장 여사님은 중국의 명가 요리점에서 그 요리를 여러 번 드신 분입니다. 미안하지만 자신이 없으면 그냥 여기 명물인 LGY 스테이크를 먹는 게 나을 것 같아서 그렇습니다."

"만족시켜 드리겠습니다."

"그러면 요릿값은 후하게 지불해 드리죠. 그 반대라면 그냥 나가도 원망하지 마세요."

송야쉔의 선언이었다.

라이언 헤드, 해황, 대주간슬.

주희의 시선이 윤기를 겨누었다. 예약 메모를 본 후에 요리를 검색한 까닭이었다. 그건 짜장면이나 짬뽕에 비할 요리가 아니었다. 한마디로 본격 중국요리의 결정판. 황제가 애정하는 요리였으니 맛부터 비주얼까지 완벽해야 하는 고난도의 요리였다. 한마디로 서양요리는 저리 가라는 수준.

찡긋.

윤기는 걱정 말라는 눈짓과 함께 주방으로 향했다.

휘파람이 나온다.

기분이 좋은 건 여자의 체취 때문이었다. 그녀는 담백한 쪽이다. 그 담백함 속에 청아한 향의 근본이 있었다.

중국요리의 레전드, 역아.

그에게도 익숙한 향이었으니 기분이 좋지 않을 까닭이 없었다.

한마디로 실력 발휘의 때가 온 것이다.

해황.

대주간슬.

라이언 헤드.

루이 14세의 와인.

송야쉔의 메뉴였다.

여기는 윤기의 맛의 제국.

지갑을 열어 달라는 사람에게 원하는 메뉴만 내면 실례가 된다.

부르고뉴식 달팽이요리.

죽엽청주 셔벗.

게황구이.

게튀김.

네 가지 사이드를 더 준비하기로 했다. 부르고뉴 달팽이요리는 프랑스를 대표하는 요리의 하나다. 그래서 끼우는 건 아니었다. 안드레아의 능력을 받았지만 프랑스에 대한 동경심 같은 것은 없었다. 그럼에도 그걸 택한 건 그 또한 역사적인 요리기 때문이었다.

이 요리는 셰프 '카렘'의 작품이다. 그 헌정의 주인공은 황제 알렉산더 1세였다. 에피타이저의 대표로 꼽히는 요리였기에 오늘의 요리와도 매칭이 되었다.

등에 짊어진 집에서 숨바꼭질을 하는 달팽이를 골랐다. 핵심은 파슬리와 마늘, 그리고 버터다. 마늘은 향을 위해 파슬리는 색의 대비를 위해 들어간다.

아무것도 넣지 않았다. 거기 더한 건 특별하게 만들고 있는 육수뿐이었다. 달팽이는 그렇게 수수하게 오븐 안으로 들어갔다.

와인은 급 교체를 했다. 요리를 관통하는 맛이 담백+감칠이었다. 그렇다면 와인 역시 저자극의 watery, 즉 밍밍하면서도 담백한 맛이 필요했다. 간택을 받은 건 화이트 와인인 카사솔레였다. 그랑 서울의 주류 보관실에 있는 와인 중에서 가장 밍밍하고 담백했다. 오렌지꽃과 정향 등의 가미는 최소한. 오크 통은 냄새가 바랜 것으로 이미 준비가 되어 있었다.

"창혁아, 대나무하고 죽엽 몇 장 준비해 줘."

창혁에게 지시를 내리고 육수 불을 조절했다.

대나무다.

오늘의 포인트는 그게 될 것 같았다.

아침부터 끓기 시작한 육수는 감칠맛 덩어리로 변신 중이었다. 다른 육수에 비해 수고가 많이 들었다. 감칠맛의 대표로 꼽히는 표고버섯조차 그냥 투하하지 않았다. 버터에 볶은 다음에 넣었으니 보통 때보다 더 진해질 것은 따 놓은 당상이었다. 햇살에 말린 드라이 토마토와 구운 대파도 들어갔다. 옆에서는 회심의 비책이 진행된다. 그 안에 든 건 나 홀로 죽순이었다.

'좋은데?'

시간이 요리를 만든다. 달팽이에 더한 육수보다도 더 진해지고 있었다.

[삼겹살, 참게 알, 두부]

조리대에 준비된 메인 재료들이었다. 삼겹살은 수비드 수조에서 나왔다. 원래는 약불에서 5시간 이상을 쪄 내야 한다. 윤기는 수비드로 그 시간을 줄였다. 수나라의 황제가 이 요리를 즐겼다. 간단히 말하면 다진 돼지고기 미트볼이다. 모양이 사자 머리를 닮았다고 해서 라이언 헤드로 불린다.

돌아보면 간단하다.

그런데 왜 이 요리가 어려울까?

원류를 좇아가면 중국의 회향요리가 나온다. 이 요리법은 재료의 맛을 중시한다. 극단적으로 재료 맛만으로 요리하는 걸 최고로 꼽는다. 즉 그 어떤 첨가물도 넣지 않고 맛을 살려야 한다. 그러자면 재료를 잘 다뤄야 한다. 재료의 특성을 모르고서는 도전할 수 없는 게 회향요리였다.

다음으로 중요한 게 치대기였다. 라이언 헤드의 식재료는 오직 손으로 다룬다. 기계로 썰거나 갈아 내는 건 하수의 길이다. 최상급 셰프라면 오직 칼과 손으로 썰고 반죽해 삼겹살 표면의 비계를 곤죽 상태로 만들어야 한다.

눈송이처럼 다진 후에 수백 번의 반죽 손길을 받은 삼겹살은 기름기가 녹으면서 촉촉한 백설로 변했다. 그 상태로 수비드 수조에 들어갔다 나왔다. 그걸 사자머리 모양으로 잡아 냈으니 찜으로 마무리하면 될 일이었다. 짝꿍으로 간택된 채소는 남남한 맛의 배추였다. 돼지고기와 잘 어울리는 채소야 한둘이 아니지만 재료 본연의 맛을 해치면 안 되므로 담담한 배추가 제격이었다.

이어 참게를 손질했다. 해황에의 착수였다. 해황은 게 요리지만 소스에 가깝다. 이 또한 중국 황제들의 단골 요리였다. 중국에서는 민물 게의 일종인 대갑게를 쓴다. 한국 재료 중에서 참게가 유사하므로 문제 될 것 없었다.

번거로운 건 게 알만 골라서 쓴다는 거였다. 윤기 역시 게 알부터 발라냈다.

"창혁아."

"네."

"이 껍질 말이야, 저쪽의 왕새우 껍질하고 오븐에 구워 갈아서 고운 분말로 만들어 줘. 둘을 섞지 말고."

지시를 내린 후에 해황요리에 착수한다. 참게 알 볶는 냄새가 진동을 한다. 옆에서 끓는 감칠맛 육수가 조금씩 첨가된다. 죽엽청주 역시 방울방울 떨어지며 잡내를 날린다.

게 껍질을 오븐에 넣은 창혁의 눈길은 바로 조리대로 돌아갔다. 두부 때문이었다. 검색에서 본 글귀가 아직도 뇌리를 떠나지 않고 있었다.

[두부를 실처럼 얇게 썰어서…….]

두부를 실처럼?

그게 가능할까?

아무리 송 셰프라고 해도?

제5장 — 웅비하라

창혁은 최근 들어 생강 바늘 썰기를 연습하고 있었다. 그것조차 쉽지 않았다. 그런데 두부는 굉장히 무른 재료였다. 그걸 실처럼 썬다는 건 도무지 상상이 되지 않았다.

윤기가 칼을 잡았다.

두부가 도마에 올라갔다. 그리고… 어느새 클라이맥스를 달리는 연주자의 손처럼 빨라지기 시작했다.

사삿사삿.

칼 소리는 거의 들리지 않았다. 하지만 두부는 실로 변해 갔다. 윤기의 칼은 컴퓨터 커팅기 이상으로 정교했다. 그럼에도 얼굴은 유유자적. 정말이지 손에 눈이 달렸다고 해도 지나치지 않을 정도였다.

"왜?"

칼질을 끝낸 윤기가 창혁을 바라보았다.

"아, 아뇨."

창혁은 재빨리 정신을 수습했다.

"이거 연습할 거지?"

"네? 네……."

"칼질은 무심하게. 이건 감으로 썰어야지 의식하고 썰면 다 망가져."

"감으로……?"

창혁의 시선이 두부로 향했다. 언젠가 종로에서 실타래 엿을 본 적이 있었다. 그때 본 실타래와 크게 다르지 않았다. 두부의 대변신… 그제야 알았다. 썰어서 아름다운 게 회만 있는 게 아니었다.

"검색해 봤지?"

"네."

"이렇게 써는 이유는?"

"두부의 잔내를 날리기 위해서요."

"그게 포인트야. 이건 거기에 시각적인 효과까지 살린 조리법이지."

"저는 도저히 못 할 것 같아요."

"지금은 그럴 거야. 나도 처음에는 그랬으니까."

윤기의 경험담은 물론 전생들의 것이다. 그들도 처음에는 당연히 실패를 했다. 그럼에도 좌절하지 않고 도전에 도전을 거듭해 이룬 성취였다.

대주간슬의 육수는 장 여사의 것이 조금 달랐다. 죽순 액즙의 포인트가 더해졌다. 둘의 취향에 맞춘 가감이었다.

여기서 죽엽청주 셔벗과 달팽이요리가 먼저 나갔다.

이제 마무리 게요리를 향해 달린다. 윤기가 준비한 건 반으로 가른 청죽이었다. 남은 참게 알은 계란물과 섞여 엄지손가락 굵기의 대나무 안으로 들어갔다. 이 알 역시 감칠맛의 육수에 재웠던 그것이었다. 대나무 줄기에서 발라낸 끈으로 꽁꽁 묶어 찜기에 올렸다.

관건은 타이밍이었다. 조금만 늦어도 계란물이 흘러나오기 때문이다. 한 김 제대로 쬔 후에 숯불에 구웠다. 이제 끈만 풀면 끝이므로 마무리 요리에 들어갔다.

"여기요."

창혁이 게 껍질과 새우 껍질 분말을 건네주었다. 두 개의 분말은 연지와 곤지처럼 고왔다. 게살 반죽을 대나무 내경 굵기로 만든 후에 분말에 굴려 올리브오일로 튀겨 냈다. 게와 새우 껍질이 절반씩 묻은 튀김은 그야말로 황홀한 색감이 되었다. 한지 위에 올려 기름을 빼는 것으로 튀김도 끝났다.

"와아."

창혁의 입이 저절로 벌어진다. 게와 새우 껍질 분말은 살아 있는 색처럼 생생하게 보였다. 이 두 요리는 초록 죽엽을 깔고 플레이팅을 했다. 게홍구이와 튀김 위에 노란 소국 세 송이를 놓으니 요리의 품격이 올라갔다.

중국 황제들이 먹었다는 해황에 대주간슬, 라이언 헤드와 비교해도 꿀리지 않았다. 냉장실의 와인 여과까지 끝나자 모든 요리가 마감되었다. 과연 황제의 성찬으로 불릴 만했다.

"주희 씨."
윤기가 인터폰을 눌렀다.
"와아."
주희의 반응은 오늘도 최강 감탄이었다.
"먹고 해요."
윤기가 달팽이와 게홍구이, 게살튀김을 하나씩 담은 접시를 건네주었다.
"셰프님."
주희는 거의 울기 직전이었다. 모락거리는 게홍구이와 부르고뉴 달팽이, 그리고 게살튀김의 자태는 너무 치명적이라 차마 먹을 수 없을 정도였다.
"집에 가져다 장식해 놓고 싶어요."
주희가 말했다.
"위장에다 장식하면 평생을 가죠."
"셰프님……."
"대신 나중에 살쪘다고 원망하기 없기예요."
"맛있게 먹으면 0칼로리. 그러니 살찔 리가 없잖아요? 여먹4총사들은 그렇게 먹고도 안 쪘는데……."
주희 입으로 다홍의 게살튀김이 들어갔다.

* * *

"오래 기다리셨습니다."
윤기의 중국어는 라이언 헤드를 위해 반죽한 삼겹살의 기름보다도 부드러웠다. 주희가 세팅을 시작한다. 해황과 대주간슬, 라이언 헤드에 윤기의 요리까지 자리를 잡았다. 한 사람당 네 개의 접시지만 다 합쳐서 세면 여덟 개. 그들이 좋아하는 숫자였으니 이 또한 윤기의 배려였다.

요리.

요리만 먹지 않는다. 분위기도 메뉴의 하나가 된다. 잘 차려진 식탁에 주둥이가 깨진 꽃병이 있으면 어떨까? 거기 꽂힌 조화에 먼지가 끼었으면 어떨까? 셰프는 그것까지도 고려하는 능력자가 되어야 했다.

꼴꼴꼴.

와인은 윤기가 따랐다. 소리와 함께 요리의 덮개가 열렸다.

"……."

송야쉔의 눈빛은 크게 변하지 않았다. 장 여사의 표정도 그랬다. 그것으로 그들의 미식 수준을 알 수 있었다. 어쩌면 그동안 찾아온 VIP들 중에서 최상의 클래스일지도 몰랐다.

드세요.

윤기의 권유는 손짓이었다. 우아한 매너로 요리를 가리켰다. 이미 세팅된 요리. 이제는 말이 필요 없었다.

덮개가 열리자 게의 향미가 그윽하게 풍겨 나왔다.

윤기의 의식은 장 여사에게 있었다. 그녀의 촉은 어디로 향할까? 만약 라이언 헤드나 대주간슬로 향한다면 별 다섯에 넷은 확보할 수 있었다. 그러나 별 다섯을 다 받으려면 그녀의 시선은 지향을 잃어야 한다. 즉 초점이 없어야 한다는 것.

과연 그랬다.

미간이 살짝 꿈틀거리더니 그녀, 스스로에게 집중하기 시작했다.

빙고.

윤기는 웃지만 옆의 주희는 반대였다. 그녀도 이제 윤기 요리를 대하는 사람들의 반응을 알고 있었다. 최고의 만족도가 나오려면 감탄이 쏟아져야 했다. 그런데 이 여자의 반응은 '정지'였다.

무덤덤한 반응.

주희 수준에서는 좋은 기미가 아니었다.

대주간슬은 차라리 실국수였다. 그만큼 가늘게 썰어 냈으니 하얀 자태가 시선을 한 몸에 받았다. 송야쉔의 시선이 두 번째 요리로 옮겨 갔다. 해황이었다.

해황은 황금빛 볼에 담아냈다. 노란 그릇 속에 든 주홍의 해황 소스. 그 위에 올라앉은 건 앙증맞은 초미니 써니 사이드업이었다. 가운데 노른자 위에는 초록의 궁채 한 조각이 올라앉았다.

목젖은 아직 움직이지 않는다.

써니 사이드업을 한참 바라보더니 라이언 헤드로 시선이 옮겨 간다. 사자머리 모양의 삼겹살 반죽은 갈기까지 표현이 되었다. 무엇보다 색감이 기막혔다. 은은한 핑크빛이 감돌고 있으니 우아하기 그지없었다.

"이건 뭐죠?"

마지막 접시에서 송야쉔의 질문이 나왔다. 게황구이와 게튀김이었다. 게튀김의 색감은 한마디로 압도적이었다. 같은 다홍이라도 생생한 다홍이었으니 보석 가루를 뿌려 놓은 듯 화사해 보였다.

"중국에 해황이 있다면 한국에 게황구이가 있지요. 옆의 게튀김은 남은 게살로 만든 것이니 같이 즐기시는 데 무난할 것 같아 더해 보았습니다."

윤기의 설명은 짧았다.

"색깔은 마음에 드는군요."

송야쉔의 평도 짧았다.

"그럼 맛을 볼까요?"

그가 장 여사에게 요리를 권했다. 장 여사가 스푼을 집었다. 해황이 먼저였다. 고명으로 올려놓은 써니 사이드업을 밀어내고 해황을 떴다. 먹는 모습이 신중하다. 테이블 매너가 몸에 밴 것으로 보아 역시 제대로 된 미식가.

한 입은 오래 음미한다. 입안에 남은 잔맛까지 휘몰아 체크하더니 두 번째 시식을 시도했다.

"좋네요."

그녀의 평은 고요했다.

이번에는 써니 사이드업을 시도한다. 흰자는 물론 우유였다. 문제는 노른자였다.

"응?"

그녀의 동작이 멈췄다. 보기에는 메추리 노른자. 하지만 그 또한 게 알이기 때문이었다.

"노른자가 게 알이네요?"

그녀가 윤기를 바라보았다.

"그냥 내면 심심한 거 같아서 분자요리의 구체화 기법으로 변화를 줘 봤습니다."

가벼운 설명과 함께 윤기가 물러났다.

두 사람의 본격 식사가 시작되었다.

"셰프님."

카운터 앞의 주희는 살짝 불안해 보였다.

"왜요?"

"여자분 말이에요, 다들 뒤집어지는데 너무 무덤덤하잖아요?"

"그래서 돈 안 내고 갈 것 같아요?"

"그건 아니지만……."

"간만에 지불 금액 맞히기 한번 응모해 볼까요?"

"……."

"얼마 낼 것 같아요?"

"중국 큰손들이 플렉스 좋아하기는 하지만 그냥 기준 가격의 두 배……?"

오늘 요리의 기준 가격은 62만 원이니 124만 원이었다.

"나는 세 배에 걸어요."

"셰프님."

"여자분 반응이 무덤덤하다고요? 원래 큰 새는 소리 없이 날거든요. 작은 새들이 소란스럽죠."

"그럼 저도 세 배로 걸래요. 입력할까요?"

"으음… 둘이 짜고 했다고 하면 곤란한데?"

"아직 계산 전인데요 뭐."

주희가 62만 원의 세 배 금액을 입력하는 걸 보며 주방으로 돌아왔다.

“셰프님.”

두부를 썰고 있던 창혁이 얼굴을 붉혔다. 도마 위의 두부는 엉망진창이었다.

“처음부터 날려고?”

“네?”

“처음에는 네 실력만큼의 두께로 시작해야지. 공부 잘하고 싶다고 기본도 없이 고난도 문제에 도전하면 풀 수 있겠어?”

“헤엣.”

“두부와 칼의 조화를 잘 맞춰야 해. 사막의 모래에도 파도가 있듯이 두부에도 결이 있거든.”

“저는 왜 그런 게 안 보일까요?”

“나도 그랬어.”

“…….”

“힘들면 묵으로 연습해 봐. 그러다 잘되면 두부로.”

“아하.”

“정리하자. 추가 오더는 들어오지 않을 거야.”

“그것도 아세요?”

“그래야 좋은 셰프라고 할 수 있지. 손님의 양을 정확하게 맞히는 것도 셰프의 능력이야.”

윤기가 도마를 세척했다. 전용 도구에 대한 관리는 윤기가 직접하고 있었다. 구찬홍 셰프가 물려준 무쇠 팬도 거기 속했다.

‘그분… 잘 계실까?’

이제 조금 여유가 생긴 걸까? 문득 구찬홍 팀장이 생각났다.

그랑 서울의 양식요리 중심을 잡아 주던 사람. 윤기가 잘된 걸 보면 가장 좋아할 사람…….

"셰프님, 손님께서 좀 뵙자는데요?"

회상을 밀어낸 주희 목소리가 인터폰에서 흘러나왔다.

"좋은 시간 되셨습니까?"

테이블 앞에서 윤기가 매너를 갖추었다.

"셰프."

송야쉔의 젓가락에 게튀김이 들려 있었다. 딱 하나 남은 요리. 그의 젓가락은 튀김의 가운데를 집었다. 정확하게 게 껍질색과 새우 껍질의 색의 경계였다.

"이거, 게 껍질을 갈아서 묻혀 낸 거죠?"

"반쪽은 게고 반쪽은 새우입니다."

"그래서 색깔의 농도가 달랐군."

"마음에 드셨습니까?"

"솔직히 해황과 라이언 헤드 즐기느라 신경 쓰지 않았는데 먹는 순간 깜짝 놀랐습니다. 바삭바삭, 깨알이 부서지는 소리에 감칠맛까지 한가득이더군요."

"색감에 더불어 청각적인 즐거움을 주려던 시도였습니다."

"먹어 보니 게살과 계란 같던데 트러플 냄새가 굉장히 아스라하네요. 트러플 가루가 들어갔나 했더니 그건 아닌 것 같고… 트러플 액즙을 넣었나요?"

"조금 간접적인 방법을 썼습니다. 두 분이 워낙 담백하고 감칠맛 취향인 것 같아서요."

"간접적이라면?"

"트러플 박스에 같이 넣어 둔 계란을 썼습니다."

"같이 넣어 둔?"

"계란은 살아 있는 식재료라 숨을 쉬지요. 좋은 냄새와 같이 두면 그 냄새를 흡수하고 나쁜 것과 같이 두면 나쁜 냄새를 흡수합니다."

"오라, 그래서 향이 그토록 아련했군요."

"구이는 어땠습니까?"

"대나무 향이 그윽하면서 맛의 균형이 기막히더군요. 그 요리도 의미가 있겠죠?"

"청죽에 넣어 쪄 낸 후에 너도밤나무 숯불로 구워 냈습니다. 중국의 해황과는 결이 다르지만 게 알의 매력을 살리는 요리라 주제를 따라가 보았습니다."

"탁월했어요. 우리가 시킨 것만 나왔더라면 아쉬울 뻔했습니다."

"주문하신 요리들은 어땠습니까?"

"장 여사님?"

송야쉔이 장 여사를 바라보았다. 중국에서 정통 요리를 즐긴다는 그녀. 다소 엉뚱한 질문이 먼저 나왔다.

"셰프님, 혹시 중국 사람 아닌가요?"

"보시다시피 한국 사람입니다."

"그럼 혹시 중국 재야 요리의 대가 단문창 셰프를 아십니까?"

"단문창?"

윤기에게는 또 하나의 운명이 될 이름이 등장했다.

"모르는군요?"

"네."
"그분에게 요리를 배웠나 해서요."
"아닙니다."
"이상하군요. 이 솜씨는 중국 정통 요리에서 나온 것이 맞는데… 제가 한국의 특급 요리사들을 많이 알지만 해황과 라이언 헤드를 이렇게까지 소화하지는 못합니다."
"어째서 그렇게 생각하게 되었을까요?"
"해황의 맛과 라이언 헤드의 결을 보고 짐작했는데 결정적으로 대주간슬의 육수에서 확신을 하게 되었습니다."
"이유를 제가 먼저 말씀드려도 될까요?"
"이유를 아세요?"
"대나무 향 때문이죠?"
"어머."
차분하던 그녀가 잠시 소스라쳤다.
오늘의 포인트는 대나무.
그렇기에 대나무 우린 물에 죽순액즙을 동원한 윤기였다. 그녀 때문이었다. 몸매조차 대나무를 닮은 이 여자에게서 죽 향이 아른거렸다. 대나무 관련 음식을 많이 먹어서가 아니었다. 그녀의 온몸에서 아련하니 그 숲에서 나고 자란 여자였다.
회귀 본능.
짐승에게만 그런 게 있는 게 아니다. 인간도 그 범주에 속하니 자신을 이루는 '분자'와 '원자'에의 귀소본능은 생존 본능과도 다르지 않았다.
"여사님에게 그 향이 아련했습니다. 대나무의 고장에서 자랐

거나 부모님께서 그 관련 직업을 가지셨거나, 아무튼 좋아하실 것 같아서 요리 속에 조금씩 배려를 했습니다."

"맙소사."

여자가 입을 쩌억 벌렸다.

"맞아요. 제가 대나무 숲에서 자랐어요. 절강성의 수창현. 우리 난젠옌은 산 전체가 대나무숲이었거든요."

"여사님이 난젠옌 출신이셨습니까?"

송야쉔이 묻는다. 그도 몰랐던 모양이었다.

"그래서 죽엽청주 맛 셔벗으로 시작하셨고 송 대인의 요리 향과 제 것이 살짝 달랐군요?"

"그렇습니다. 송 선생님의 요리에는 대나무 향이 들어가지 않았습니다."

윤기의 해명이었다.

해황과 라이언 헤드, 그리고 대주간슬.

그런 차이가 있었다. 장 여사의 접시에만 죽순액즙과 대나무 우린 향을 살짝 가미했던 것.

"라이언 헤드가 압권이었어요. 제가 라이언 헤드를 해황에 찍어먹는 걸 좋아하는데 그렇게 하면 셰프의 솜씨를 단번에 알 수 있어요. 만약 삼겹살을 대충 치댔다면 해황과 따로 놀거든요. 거꾸로 해황 소스의 맛이 떨어지면 라이언 헤드의 맛을 망쳐 버리고요. 셰프의 요리는 물이 솜에 스미듯 자연스러웠으니 제가 좋아하는 단문창 셰프 이상이었어요. 그분 역시 제가 가면 대나무 향을 첨가해 주시는데 그래서 그분에게 배웠나 물어봤던 거고요."

"기회가 오면 꼭 한번 뵙고 싶은 분이네요."

"그럼 멋지겠는데요? 두 분의 조인트 이벤트 같은 거요."

"말씀이라도 감사합니다."

"송 대인 말처럼 한국의 게황구이도 기막혔어요. 메인에게 모욕이 될지 모르지만 오늘의 제게는 그게 황제였어요."

장 여사의 총평이었다.

"역시 장 여사님, 포인트를 제대로 짚어 주시네요."

짝짝.

송야쉔이 박수를 쳤다. 그녀를 위해 마련한 자리. 중국 정통 요리를 관통하는 그녀였으니 그녀가 그렇다면 그런 거였다.

"그렇다면 셰프님."

송야쉔이 윤기를 바라보았다.

"예."

"이 게황구이 말입니다. 추가를 부탁드립니다."

추가?

돌발이 나왔다. 윤기의 예측 하나가 보기 좋게 빗나가고 있었다.

낭패였다.

이미 주방 정리를 지시했기 때문이었다.

"아뇨."

그러나 구세주가 나왔다. 그 오더를 장 여사가 자른 것이다.

"오늘은 여기까지가 딱 좋아요. 매력적인 요리로 배를 불리면 요리의 참맛을 잃어버리니 다음을 기약하는 게 좋겠어요."

현명하기까지?

"아, 네."

송야쉔은 장 여사의 말에 따랐다.

"셰프님."

와인 잔을 만지작거리던 장 여사가 말을 이어 갔다.

"말씀하십시오."

"궁금한 게 있는데 와인 말이에요, 이게 어째서 황제의 와인이죠?"

"죄송하지만 오늘은 절반만 황제의 와인이었습니다."

"……?"

"황제들의 와인은 대개 레드입니다. 샤를마뉴 대제만이 화이트 와인 '코르통 샤를마뉴'를 마셨을 뿐이죠. 그들은 와인에 여러 꽃이나 향신료를 넣어 차게 만든 후에 즐기는데 오늘 두 분을 관통하는 맛이 담백함과 감칠맛이라 레드를 앞세우면 조화가 어려울 것 같아 담백하면서도 산뜻한 카사솔레로 황제의 와인 레시피를 진행했습니다. 그 빈 곳을 위해 죽엽청주 서벗을 냈습니다. 양나라의 간문제가 '맑고 그윽함에 난조차 얼굴을 붉힌다'고 탄복한 술이니 장 여사님과 통할 수 있을 걸로 생각했습니다."

"손님을 보면 어떤 맛을 좋아하는지 아시는군요?"

"인간이란 그 자신이 먹은 것으로 체취를 이루니까요."

"그것도 신기해요. 제가 아는 단문창 셰프도 체형으로 식성을 아세요. 열다섯부터 50년 넘게 요리를 하다 보니 요리의 한 부분이 되었다고 하더라고요. 그런데 셰프님은 체취라고요?"

"몸은 기억하거든요. 그 사람이 먹은 것과 한 일들… 예를 들어 좋지 못한 습관이 오랫동안 지속되면 어느 순간 질병으로 나타나게 되지요. 체취도 그와 같아 그가 선호한 맛이 우세한 체취로 자리를 잡습니다."

"송 대인님."

장 여사가 송야쉔을 바라보았다.

"이 셰프 굉장하죠? 스테이크만 잘하는 줄 알았더니 수준이 상상 이상인데요?"

송야쉔이 먼저 말했다. 장 여사의 의중을 간파한 것이다.

"그래서 말인데요, 오늘 계산은 제가 하겠어요."

"네? 제가 모신 자리인데요?"

"오랜만에 행복하게 먹어서 그래요. 복권 맞은 기분이에요."

"뭐, 정 그러시다면……."

"세 배로 지불하겠어요."

'세 배?'

계산을 받으러 왔던 주희가 윤기를 돌아보았다. 윤기는 찡긋 윙크로 그녀의 흥분을 진정시켰다.

"셰프님."

"네."

"장 대인님께 듣자니 역사 속의 모든 요리가 가능하다면서요? 심지어는 중국요리조차?"

"네."

"한국요리는 물론 말할 것도 없겠죠?"

"네? 네."

"혹시 사슴이나 멧돼지, 곰 같은 야생동물은 어떻습니까?"

송야쉔의 질문이 이어진다.

"문제없죠."

윤기가 웃었다. 역아의 시대에는 그런 것들도 육류의 주류였었다.

"처음에는 참 오만한 셰프도 있구나 싶었는데 먹어 보니 인정하게 되었어요. 혹시 중국 출장 요리도 가능할까요?"

장 여사의 요청이 나왔다. 표정을 보니 그냥 하는 말 같지는 않았다.

"기간이 길지 않으면 문제없습니다."

"제가 이런저런 사업을 많이 해요. 그런데 술은 즐겨 하지 않다 보니 요리로 비즈니스의 끈으로 삼을 때가 많거든요. 주로 단문창 셰프님께 신세를 지는데 분위기를 바꿔 보는 것도 나쁘지 않죠. 출장비는 후하게 쳐 드릴 테니 가끔씩 도와주시겠어요?"

"미리 말씀드리면 스케줄을 맞추도록 하겠습니다."

"그럼……."

장 여사가 일어섰다. 송야쉔이 그녀의 외투까지 챙겨 주는 것으로 보아 굉장한 여자가 분명했다. 윤기는 품격의 매너로 두 손님을 배웅했다.

"셰프님."

두 사람이 멀어지자 주희 목소리가 짧게 끊어졌다. 그녀의 손은 하이 파이브를 기다리고 있었다.

짝.

벼락처럼 후려쳐 주었다.

"또 맞혔어요. 세 배 계산."

그녀는 믿기지 않는 모양이었다.

"설 대표님께는 좀 죄송한데요. 너무 자주 맞혀서요."

"잘됐죠, 뭐. 그렇잖아도 여먹4총사 일로 보답하고 싶었는데."

"셰프님이 왜요?"

"치다꺼리는 주희 씨가 하고 생색은 이 팀장님이 냈잖아요? 제가 끼어들 자리가 아니라 말은 하지 못했지만."

"저는 괜찮아요."

"네?"

"비록 생색내는 자리라도 이 팀장님도 해 보는 게 좋아요. 그럼 우리 애로를 조금 더 이해할지도 모르잖아요."

주희는 밝은 표정으로 테이블 정리에 들어갔다.

이 여자, 생각보다도 더 마인드가 좋았다. 어느새 정리를 마친 그녀가 가벼운 인사를 두고 윤기를 지나갔다.

윤기의 시선은 빈 테이블에 있었다. 송야쉔과 장 여사. 다른 손님들과 느낌이 달랐다. 그리고 그녀가 언급한 중국요리사 단문창. 주희의 긍정적인 마인드와 함께 오래오래 기억에 남았다.

"셰프님."

퇴근 무렵, 정리를 끝낸 창혁이 다가왔다.

"왜?"

"보조 한 명 선발 말이에요, 죄송하지만 내일 저녁에 심사 좀 맡아 주시겠어요?"

내일은 리폼이 쉬는 날이다. 실기를 하려면 조리대가 비어야

했으니 쉬는 날을 택한 모양이었다.

"실기 테스트?"

"이 어려운 걸 저한테 맡기시니 고민 고민 하다가… 그동안 알바 하고 간 애들하고 현재 보조들 중에서 여섯 명을 추렸어요."

"고생했겠다."

"맞아요. 2년 동안 스쳐 간 알바와 현직 알바들 다 뒤졌거든요. 사람 뽑는 게 이렇게 어려운 줄 처음으로 알았어요."

"알았어."

"어? 뭐 테스트하는지 안 물어봐요?"

"너한테 맡긴 일이잖아?"

"네?"

"심사하기는 하는데 네 의견에 따를 거야. 무슨 뜻인지 알지?"

"셰프님."

"옷 안 갈아입어?"

"헤헷, 먼저 가세요. 내일 쉬는 날이라 연습 좀 더 하고 가려고요."

"오늘 요리들?"

"네에. 자신은 없지만요."

"해황 재료는 없을 텐데?"

"다리 잘린 꽃게가 두 마리 있어요. 다행히 알이 꽉 차서 그걸로 해 보려고요."

"레시피 요점은?"

"라이언 헤드 삼겹살은 손으로 다진다. 결대로 잘라 수백 번을 반죽해 비계를 액즙처럼 만든다. 대주간슬은 두부 썰기가 중요하고 두 가지 공히 조미료나 색소는 절대 첨가하지 않는다."

"제대로 외웠네?"

창혁의 어깨를 토닥여 주고 주방을 나왔다.

테스트.

뭘 하려는 걸까?

살짝 궁금해지는 밤이었다.

이른 아침, 윤기는 한국의 궁중 요리 서적을 탐독하고 있었다. 장 여사 때문만은 아니었다. 다비드도 그랬다. 돌아보니 앞으로는 더 많은 사람들이 그럴 것 같았다. 서양요리와 중국요리를 섭렵한 주제에 한국요리에 약하다면 말이 되지 않았다.

제왕들의 요리를 살핀 후에 야생 육류 쪽으로 넘어갔다. 살포시 눈을 감고 역아의 기억을 더듬었다. 황제는 사냥을 좋아했다. 황족들 역시 그랬다. 곰이나 호랑이도 자주 잡았다. 구렁이와 표범 같은 것도 화살과 창에 꿰어 왔다.

가죽을 벗기고 살이 남으면 역아에게 넘겨졌다.

[별미 요리]

황제와 황족들의 기대였다. 그렇기에 안 해 본 요리가 없었다. 지금처럼 천연기념물이니 포획 금지니 하는 규정도 없었다.

안드레아도 그 덕을 보았다. 야생동물에 대한 경험이라면 지구상의 그 어떤 셰프에게도 뒤지지 않기 때문이었다.

역아 때의 야생동물은 주로 구이로 요리되었다. 누린내를 잡기 위한 마리네이드야. 했지만 관건은 역시 숯불이었다. 그렇기에 역아는 여러 숯을 사용했다. 그래도 부족하면 향채의 마른 잎을 시작으로 솔잎과 약쑥 등을 뿌려 향을 입혔다.

누린내.

보통은 누린내 제거라고 말한다. 그러나 누린내는 결코 제거되지 않는다. 마리네이드는 그 누린내를 감추는 역할이다. 더 강하거나 더 빠른 향으로 누린내를 은폐하는 것이다.

'응?'

그러다 작은 캘린더에 시선이 닿았다. 그러고 보니 어제가 월급날이었다. 이메일로 들어가 월급명세서를 열었다. 리폼을 맡은 후로 처음 받는 월급.

"……?"

윤기의 시선이 숫자에 고정되었다. 동그라미가 무려 여덟 개였다. 2년여 동안 윤기가 받은 연봉을 다 합친 것보다도 많았다.

그런데.

세금도 그랬다. 단 한 번 떼어 간 세금이 무려… 곱하기 12를 하면 윤기의 지난 1년 연봉보다도 많을 것 같았다.

'뭐야?'

다시 한번 확인했다. 세금이 무려 40%에 가까웠다.

'애국자 됐네.'

너무 많은 액수가 세금으로 나가니 놀라웠지만 긍정적으로 생각하기로 했다. 국가 기여도가 높아졌으니 은퇴할 때 훈장이라도 하나 주려나?

"엄마."

아침 식사를 하면서 슬쩍 말문을 열었다.

"왜?"

"나 어제 첫 월급 탔는데?"

"첫 월급?"

"리폼 셰프 된 후로 첫 월급."

"아."

"뭐 필요한 거 없어?"

"엄마한테 필요한 건 너지."

"나중에 후회하지 말고 말해 봐. 첫 월급의 기회는 한 번뿐이니까."

"얼마나 받았는데?"

"얼마 안 되는데?"

윤기가 슬쩍 명세서 출력물을 내밀었다.

"어머."

숫자를 확인한 어머니가 짧은 비명을 질렀다.

"이게 정말 네 월급명세서야?"

"아니면?"

"세상에나, 이게 얼마야? 연봉으로 치면 1억도 훨씬 넘네?"

"그걸로 놀라면 섭섭하지. 그 연봉의 몇 배 준다고 오라는 데도 많아."

"송 셰프……."

"1캐럿 다이아 반지 하나 사 줄까? 아니면 목걸이? 그거면 딱 맞는 거 같던데?"

"남의 집 찬모 하는 주제에 다이아가 웬 말이야? 나는 이거 보는 걸로 됐으니 잘 저축해 두었다가 독립할 때 써."

"독립?"

"엊그제 회장님이 그러시더라. 너 지금 독립해도 미쉘린 별은 문제없을 거 같다고."

"엄마."

"응?"

"회장님 사택 있잖아? 우리 호텔에서 가까운 곳에 있는."

"정원 딸린 파란 기와집?"

"응."

"그거 왜?"

"혹시라도 그거 파시려고 하면 나한테 말해 줘."

"그건 또 왜?"

"그냥 그런 게 있어. 꼭이야."

"그거야……."

"선물은 내가 알아서 할게. 됐지?"

"대신 비싼 거 사면 안 돼. 엄마는 네가 고생한 돈으로 빛나는 거 싫어."

"엄마는 그런 엄마가 되고 싶은지 몰라도 나는 그런 아들이 되기 싫거든."

"송 셰프."

"우리 마더도 꼰대 다 되셨네. 우리도 플렉스 한 번 하자."

"플렉스?"

"한 번쯤 기분도 내고 사는 거지. 우리 LGY 스테이크 손님 중에는 박봉이지만 수고하는 자기 자신을 위해 셀프 턱 내는 사람도 많거든. 그 사람들이 다 잘못된 거야?"

"그건 아니지."

"그러니까 엄마도 한 번쯤은 플렉스, 아셨죠?"

"……."

어머니는 반론하지 못했다. 플렉스에게 1패를 당하는 어머니였다.

어머니가 출근하자 안방으로 들어갔다. 낡은 화장대 서랍에서 반지를 꺼냈다. 14k 반지다. 어머니는 변변한 패물 하나 없다. 결혼할 때 받은 예물은 윤기가 손목 치료를 받을 때 팔아 치운 지 오래였다.

반지를 주머니에 넣고 집을 나왔다.

[220만 원]

어머니 선물용으로 산 목걸이와 반지 세트였다. 진주로 골랐다. 어머니는 다이아몬드보다 진주를 좋아한다. 이거라면 차고 다니시겠지만 다이아라면 서랍에 모셔 둘 게 뻔했다.

오후 여덟 시.

창혁이 부탁한 시간이 되었기에 호텔로 향했다. 오늘은 리폼 주방과 조리 1팀이 쉬는 날. 조리 2팀의 열기가 뜨거웠다.

"안녕하세요?"

리폼 주방에 들어서자 합창 소리가 들렸다. 창혁을 포함해 여섯 후보들. 조리복 차림으로 부동자세를 취하고 있었다.

"창혁아?"

“이제 마무리들 하세요. 시간은 20분 드립니다.”

창혁의 말이 떨어지자 여섯 후보생들이 숯불 앞으로 다가섰다.

“조금만 기다려 주시면 됩니다. 마지막 시어링과 레스팅에 플레이팅만 하면 되거든요.”

창혁이 하얗게 웃는다. 시선을 들자 삶은 계란과 완성된 갈색 육수가 보인다. 스테이크는 아직 굽지 않았다. 저 세 가지가 테스트 과목인 모양이었다. 갈색 육수는 보통 3시간이 걸린다. 그러니까 적어도 3시간 이전부터 실기에 돌입했다는 뜻이었다.

치이잇.

스테이크가 숯불을 맞기 시작한다. 고기 굽는 냄새는 언제나 옳다. 윤기 위장이 살짝 반응을 한다. 아직 식사 전이었다. 이런저런 볼일을 보다 보니 타이밍을 놓친 윤기였다.

“나 신경 쓰지 말고 하던 대로 해.”

창혁을 편하게 해 주고 의자에 앉았다. 여섯 후보들의 모습은 수도자들처럼 진지했다. 윤기는 의식적으로 냄새도 피했다. 냄새만으로도 누가 불을 제대로 다루는지 아는 윤기. 선입견을 가지지 않기 위해서였다.

그때 전화가 들어왔다. 여먹4총사의 리더 김민영이었다.

—셰프님.

받자마자 귀청이 찢어진다.

—오늘 방송 보셨어요?

“네?”

윤기가 살짝 당황했다. 그러고 보니 여먹4총사의 300회 특집

방송이 나가는 날이었다.

—방송 대박 났어요. 시청률 신기록 찍었다고요.

"네?"

—신기록이요, 그동안 최고가 6.6%였는데 오늘 마의 10%를 훌쩍 넘어 15.2%를 찍었다고요.

"그래요?"

—아오, 셰프님이 미쉐린 별만 알지 이건 잘 모르시네. 공중파에서 15% 넘기는 건 로또 당첨보다 어렵거든요. 셰프님 덕분에 우리가 별을 딴 거예요. 별.

—셰프니임.

옆에서 4총사들의 목소리가 가세한다. 그녀들의 애교(?)는 고기 굽는 냄새보다 맛나게 들려왔다.

제6장

글로벌 단판 승부

"셰프님."

창혁은 깍듯했다. 나란히 도열한 여섯 후보들은 더 깍듯했다. 얼마 전까지만 해도 보조들에게도 무시를 받던 윤기는 거기 없었다. 그들 앞의 윤기는 대한민국 요리의 미래로 부각되는 혜성일 뿐이었다.

플레이팅까지 끝났다.

계란 열 개는 하얗게 까져 있었고 그중 두 개가 반으로 잘라져 스테이크 옆에 놓였다. 플레이팅의 주연인 스테이크는 갈색 소스 위에서 포스를 뿜어내고 있었다. 가니쉬르라고는 하얀 계란 두 개. 투박하고 솔직한 스테이크가 오히려 순수해 보였다.

첫 접시로 다가섰다. 계란부터 체크한다. 여덟 개의 계란은 흠이 없었다. 윤기는 창혁의 의도를 알고 있었다. 계란은 요리의 기본이다. 소스 또한 마찬가지다. 스테이크에는 두 가지 의미가 있는 것 같았다. 하나는 리폼의 주력 메뉴가 LGY 스테이크라는 사실, 또 하나는 숯불 다루는 재능을 보려는 것이다.

불 다루는 능력은 타고난다.

불을 다루지 못하면 S급 셰프가 되지 못한다.

윤기가 하던 말을 참고한 것이다.

계란부터 낙제였다. 노른자가 센터에 포진하고 액체 상태인 것은 맞았지만 너무 빨리 꺼냈다. 스테이크 역시 시어링이 거칠었다. 불 조절에 실패했다. 그 증거인 검댕이 군데군데 암세포처럼 붙어 있다. 그나마 큰 것들은 떼어 냈을 터. 그 흔적이 스크래치처럼 남았다.

"잘라 봐요."

윤기가 청하자 1번 후보가 스테이크를 잘랐다.

"……."

1번의 얼굴이 창백해진다.

핑크센터는 물론 육즙도 거의 없었다. 센 불 이전에 약불로 시작했다는 뜻이다. 이런 건 거의 고무 질감이다. 그럼에도 한 점을 입에 넣었다. 윤기는 알고 있다. 초보들의 좌절. 그렇기에 외면하지 않았다.

초보가 요리를 못하는 건 당연하다. 그건 흠이 아니다. 천하의 폴 보스키가 첫 요리부터 천재였을까? 저 욕설의 빅 스타 골든 램지가 그랬을까?

"소스가 끝내주네?"

장점을 골라 호평을 하자 1번 후보의 굳은 얼굴이 풀렸다. 그도 알고 있다. 다른 후보들보다 잘 구워 내지 못했다는 것. 그렇기에 그나마 괜찮은 것에 방점을 찍었다.

'이걸 스테이크라고 구웠냐? 내가 발로 구워도 이보다 낫겠다.'

윤기는 그런 말을 들으며 살았다. 독설은 코로나를 닮았다. 면역이 잘 생기지 않는다. 셰프로의 꿈을 짓밟을 뿐이었다.

2번 후보는 계란 상태가 좋았다. 흰자는 탱글거리고 노른자는 적당하게 익었다.

"계란은 나보다도 잘 삶는데?"

그 역시 칭찬으로 시작했다. 스테이크와 소스 색이 좋지 않기 때문이었다. 시어링이 불규칙한 스테이크. 반으로 자르자 증거가 나왔다. 이 핑크센터도 결코 먹음직스럽지 않았다.

"좋아."

시식 후의 윤기의 평이었다. 얼굴은 웃고 있지만 소스까지 엉망이었다. 소고기와 뼈를 구울 때부터 잘못되었다. 고루 굽지 못했으니 피 냄새가 남았다. 레드와인은 과하게 들어갔다. 그걸 졸일 때도 타이밍을 잡지 못해 바닥을 태웠다. 향미는 물론 농도 조절까지 풀 세트로 실패한 소스였다.

그나마 4번 후보의 스테이크가 눈에 띄었다. 계란부터 소스까지 모든 게 무난했다.

재미난 건 5번 후보였다. 그는 모든 게 어중간했다. 계란도 중간이고 스테이크의 시어링과 핑크센터, 심지어는 소스까지도 중간 수준이었다.

"갈색소스와 스테이크, 처음 다뤄 봤어요?"

윤기가 슬쩍 정곡을 찔렀다. 악의는 없었다. 뭐라고 대답하는지 궁금했다.

"네."

5번이 얼굴을 붉혔다.

"리폼에서 일하고 싶기는 한데 저는 일식만 배웠거든요. 그래서 옆 친구들 것을 커닝했습니다."

솔직한 답이 이어졌다.

"눈썰미 끝내주네요."

윤기가 그를 지나쳤다. 그 말 또한 진심이었다. 일식이든 양식이든 한식이든 요리는 한길로 통한다. 결국 식재료의 맛을 최상으로 살리고 보기 좋은 먹거리로 만드는 건 같았다. 그러나 그건 상당한 실력이 있어야 가능하다. 이제 겨우 걸음마를 뗀 사람이 다른 방식의 요리를 따라 하는 것도 재능이었다.

"오."

6번 후보 앞에서 윤기 표정이 환하게 펴졌다. 좋아서가 아니었다. 이 친구는 아주 시원하게 망쳐 먹었다. 계란과 소스는 제대로였지만 스테이크를 까맣게 태워 먹은 것이다.

"좀 탔네?"

윤기가 스테이크를 뒤집었다.

'응?'

반전이 일어났다. 뒤쪽 시어링은 기가 막혔다.

"집게를 잘못 놓아서요. 숯불에 놓은 줄 모르고 집다가 손을……"

그가 손을 내밀었다. 손바닥 쪽에 물집 잡힌 게 보였다. 서두르다가 사고를 냈다. 손을 데이면서 뒤집는 타이밍을 놓친 것이다.

"괜찮아요?"

"바로 찬물에 담갔더니 괜찮습니다."

"창혁아."

절단은 창혁에게 맡겼다. 스테이크가 반으로 갈라졌다. 핑크센터는 절반의 성공이었다. 탄 아래쪽은 핑크빛이 거의 없고 시어링이 잘된 위쪽은 핑크빛이 선연했다.

"셰프님."

심사가 끝나자 창혁이 다가왔다.

"왜?"

"누가 제일 마음에 드세요?"

"누가 가장 실력이 있나요로 물어봐야 하는 거 아니야?"

"아차."

"테스트 항목은 아주 좋았다."

"정말요?"

"고민 많이 했겠는데?"

"지금이 가장 고민이에요. 떨어지는 기분, 저도 알거든요."

"그럼 여섯 명 다 뽑고 다섯 명 월급은 너랑 내 연봉으로 줄까?"

"그건……."

"테스트 항목 선정하듯이 시원하게 골라 봐."

"아아."

창혁의 입에서 고민이 새어 나왔다. 잠깐 애를 태우더니 결국 낙점을 했다.

"저는 6번으로 할래요."

6번.

스테이크의 양면에서 극과 극을 달린 그 친구였다.

"이유는?"

"다른 응시자들과 달리 요리하는 모습이 과감하고 시원했어요. 스테이크 한 쪽을 태워 먹었지만 그 실수만 아니었으면 시어링도 좋았을 거고요."

"다른 친구들도 그런 이유는 있지 않을까?"

애정 어린 태클을 걸어 본다. 창혁이 어디까지 생각하고 있는지 궁금했다.

"그렇기는 하지만 모두가 실수를 하지 않았다고 고려할 때 6번 이상의 결과를 내지는 못했을 거 같아요."

"……."

윤기가 흠칫 놀랐다. 창혁의 추론은 기막히게 합리적이었다.

"아하……."

주방에 탄식이 울려 퍼졌다. 떨어진 다섯 명의 입에서 나온 비명이었다.

"셰프님."

창혁이 6번을 데려왔다.

"오재걸입니다. 뽑아 주셔서 감사합니다."

6번은 좋아 어쩔 줄을 몰랐다.

"손은? 더 치료하지 않아도 되겠어?"

"괜찮습니다. 이것보다 더 심하게 덴 적도 많은 걸요, 뭐."

"언제부터 일할 수 있지?"

"지금 당장도 괜찮습니다."

"그럼 내일부터 나와. 필요한 서류는 창혁이에게 물어보고."

"알겠습니다. 감사합니다."

인사를 마친 재걸이 조리대로 향했다. 누가 시키지도 않았는데 뒷정리에 들어간다.

"그냥 두고 가도 돼."

창혁이 말하자,

"아닙니다. 조리대 정리가 기본이라고 배워서요."

재걸의 답이었다.

기본에 붙임성까지 좋다. 윤기였어도 뽑았을 6번이었다. 낯선 곳에서의 실수는 중요하지 않았다. 핵심은 불을 다룰 줄 안다는 것. 한쪽 면에 불과하지만 그 시어링은 우수한 편이었다.

"오재걸입니다."

"잘 부탁드립니다."

아침의 주방, 재걸의 인사가 여기저기 울려 퍼졌다. 새로 왔으니 인사차 주방을 돈 것이다. 가이드는 창혁이었다. 재걸은 많은 시선을 받았다. 그만큼 리폼의 위상은 올라가 있었다.

"저는 뭘 할까요?"

첫날부터 그는 씩씩했다.

"오늘은 아무것도 하지 말고 우리 팀 메뉴와 동선만 관찰."

윤기가 내린 임무는 간단했다. 처음 오면 시스템부터 익혀야 한다. 리폼처럼 액티브한 주방이라면 더욱 그랬다.

"셰프님."

이리나가 쳐들어왔다.

"좋은 아침입니다."

"아뇨. 절대 좋지 않거든요."

"네?"

"일단 사진부터 보세요."

그녀가 사진을 꺼내 놓았다. 입구에 걸 사진이다. 또 하나의 명장면이 늘어나는 것이다.

"으음, 한 명이 여먹4총사보다 더 잘 나왔네?"

"그렇죠?"

착각을 한 그녀가 머리를 쓸어 올리며 자부심을 불태웠다. 사실 윤기가 뜻하는 한 명은 주희였다.

"아무튼 홈페이지 말이에요. 벌써 두 번째 다운이에요."

"왜요?"

"어머, 저 시치미 떼는 것 좀 봐. 여먹4총사 몰라요? 그거 대박 나면서 4총사가 먹은 힐링 세트 예약이 쏟아지고 있다고요. 아침 시간에 예약된 것만 500건이 넘어요."

"그래요?"

"아, 진짜… 이건 울 수도 없고 웃을 수도 없고… 아무튼 셰프님이 한턱 쏘세요. 제 서빙도 한몫을 했으니까."

"그 턱은 내가 쏴야지."

이리나 뒤에서 설 대표가 등장했다. 유 이사와 함께였다.

"대표님."

"송 셰프, 어제 여먹4총사 봤나?"

"죄송합니다. 창혁이랑 보조 선발 실기 테스트 하느라고요."

"쉬는 날 했단 말인가?"

"다른 날은 주방을 쓸 수가 없잖습니까?"

"저런. 아무튼 굉장했었네. 요리도 그렇지만 송 셰프의 요리 설명 말이야, 우리 홈피 게시판도 그렇지만 방송국 홈피 게시판도 난리더군. 플렉스를 부르는 해설이라고 말이야."

"나중에 챙겨 보겠습니다."

"싱가포르는?"

"항공권이 왔더군요. 일요일 저녁이라니 아침 일찍 출발했다가 월요일에 돌아오면 될 것 같습니다. 화요일은 정상 출근하겠습니다."

"가는 길에 며칠 쉬게 하면 좋은데 리폼의 사령탑이 송 셰프다 보니……."

"괜찮습니다."

"이거 받으시게."

설 대표가 봉투를 내밀었다.

"뭐죠?"

"장도비네. 토요일에 줘야겠지만 요즘 나도 손님들 청탁에 예약에 눈코 뜰 새 없이 바빠서 말이야. 이제 여먹4총사의 초자연 힐링 요정 세트까지 떴으니 분신술이라도 써야 할 판일세."

"그럼 다 빈치 이벤트는 취소할까요? 대표님 건강을 위해서라도?"

윤기가 짐짓 물었다.

"무슨 소린가? 그거 대대적인 홍보까지 들어갔는데? 마침 여먹4총사의 먹방이 대박을 쳤으니 그것도 빅 히트를 칠 걸세."

설 대표는 점점 더 고무되었다.

그랑 서울.

그랑 여수와 신마호텔에 눌려 2류 호텔로 전락할 판이었다. 그 기사회생이 윤기의 요리에 있었다. LGY를 시작으로 내놓은 메뉴마다 장안의 화제가 되고 있는 리폼의 요리들. 그렇기에 설 대표의 일상 또한 의욕으로 충만해 있었다.

"어제 본사 부사장과 통화했는데 헛소리까지 하더군."

"헛소리요?"

"송 셰프를 그랑 여수로 내려보내면 안 되겠냐는 거야? 꿈 깨라고 해 줬지."

"……."

"바로 꼬리를 내리더군. 이번에 들어오는 크루즈에 유력 VIP들이 많다는 거야. 처음에는 그랑 여수로 보낼 계획이었는데 우리 쪽으로 유턴할 방법을 고려해 보겠다더군."

"그 문제는 대표님께서 계속 신경 써 주십시오."

"알았네. 이제 시설이라면 몰라도 요리는 기죽을 거 없지. 그랑 여수든 신마호텔이든 문제없어."

설 대표의 사자후와 함께 런치 타임 준비가 시작되었다.

인터넷과 SNS, 그리고 방송…….

그 영향력은 상상 초월이다. 엊그제까지만 해도 단품으로 주문되던 여먹4총사의 메뉴들. 바로 풀 세트 주문이 들어오기 시작했다.

"자, 그럼 달려 볼까요?"

윤기가 칼을 잡았다.

타다닥.

신명 나는 칼질과 함께 맛깔나는 하루가 시작되었다.

"송 셰프, 어디입니까?"

일요일 아침, 인천공항에서 다비드의 전화를 받았다. 윤기 옆에는 이상백 기자가 함께하고 있었다.

"공항입니다. 곧 탑승하게 될 것 같습니다."

"내리시면 가이드가 마중 나가 있을 겁니다. 호텔에서 조금 쉬었다가 저녁에 뵙기로 하지요."

"알겠습니다. 감사합니다."

"다비드 박사님?"

옆의 이상백이 물었다.

"네, 차를 보낼 모양입니다."

"탑승하는 모양인데?"

이상백이 탑승구를 바라보았다. 사람들이 줄을 서기 시작하고 있었다. 짐은 달랑 가방 하나. 선반에 넣고 자리에 앉았다.

어머니에게 카톡이 들어왔다. 화장대 위에 몰래 두고 온 선물을 본 모양이었다.

[아들, 이렇게 비싼 걸…….]

[플렉스라니까요.]

[너무 예뻐서 만지지도 못하겠어.]

[내일부터 차고 다니세요. 목걸이라도요.]

[알았어. 고마워, 그리고 잘 다녀와.]

어머니 문자에서 물기가 느껴진다. 안 봐도 뻔한 광경이었다.

"여친사?"

옆자리의 이상백이 물었다.

"그보다 더 소중한 사람이죠."

"그럼 약혼자?"

"어머니세요."

"뭐야? 알고 보니 마마보이?"

"먼 길 떠나면 가족 생각나는 거 당연한 거 아닌가요?"

"아이쿠, 또 한 방 먹었군."

이상백이 이마를 쳤다.

"그런데 말입니다. 송 셰프."

"예?"

"저번에 다비드 박사님 말이 상대가 둘이라던데 누군지는 송 셰프도 모르는 겁니까?"

"네."

"이야, 이거 피 끓어오르네? 그 사람들도 보통 클래스가 아닐 텐데."

이상백의 말과 함께 비행기가 이륙을 했다.

여먹4총사의 방송은 기내에서 보았다. 창혁이 다운을 받아 준 덕분이었다. 편집이 기가 막혔다. 거기 나오는 윤기의 모습은 정말이니 저명한 셰프의 한 사람처럼 보였다.

저명한 셰프를 생각하니 폴 보스키가 떠올랐다. 끌로드 셰프 직후, 그 역시 전생의 요리에 찬사를 보낸 사람 중 한 사람이었다.

그는 얼마나 변했을까?

종신 심사 위원과 그 후원자들은 어떤 사람들일까?

그리고 윤기와 자웅을 겨루게 될 두 명의 셰프는?

그 설렘을 안은 비행기가 싱가포르에 도착했다.

* * *

숙박 예약이 된 SGC 호텔은 가까웠다. 픽업 차량이 출발한 지 20분도 되지 않아 도착을 했다. 외관부터 마음에 들었다. 엔틱한 쪽이었다. 가이드는 이상백의 룸 배정도 도와주었다. 뷰가 좋은 곳을 받았다. 호텔 프런트와 잘 아는 관계 같았다.

"잠시 후에 다비드 박사님이 오실 겁니다."

가이드의 마무리였다.

싱가포르.

작은 나라답게 역동적인 느낌이 들었다. 일단 샤워부터 했다. 그런 다음에 미니 바 위에 마련된 커피 한 잔을 타 들었다. 그때 룸 전화가 울렸다.

"손님이 오셨습니다."

"누구죠?"

"다비드 님이라고 하십니다. 올려보내도 될까요?"

"아, 그렇게 해 주세요."

대화는 영어였다. 불어나 중국어처럼 유창하지는 않지만 기본 영어 정도는 문제가 없었다.

똑똑.

노크와 함께 다비드가 등장했다.

"송 셰프."

"박사님."

"오는 데 불편하지는 않았나요?"

"덕분에요?"

"이 기자도 같이 왔을 텐데?"

"복도 끝의 룸을 배정받았습니다."

"기분은 어때요?"

"괜찮습니다."

"나도 커피 한잔할 수 있을까요?"

"물론이죠."

다비드가 원하니 한잔을 더 만들었다.

"요리는 이 호텔의 특선 주방에서 하게 될 겁니다."

"그렇군요."

"몸만 가셔야 하고요."

"상관없습니다."

"가스파르 웨고 외에 종신 심사 위원 두 명, 그리고 후원자 세 명, 옵저버인 저까지 합이 일곱입니다. 원래는 폴 보스키도 참석하는데 최근 수술 등으로 건강이 좋지 않습니다."

"네."
"간단하게 룰을 알려 드리죠. 요리는 두 종류를 하시게 될 겁니다."
"……."
"하나는 보스키 도르 요리 대회 심사 위원들 심사용이고 또 하나는 후원자들이 지명하는 요리입니다. 둘을 합쳐 최종전 진출자를 가리게 됩니다."
"여섯 명이 심사를 한다는 뜻인가요?"
"아닙니다. 심사는 종신 심사 위원들만 합니다."
"……."
"미리 아셔야 할 것은… 후원자들은 자기들끼리 셰프의 요리에 베팅을 한다는 사실입니다."
"베팅이라면?"
"코인을 거는 거죠."
"……?"
"주관자는 제 지인 가스파르 웨고입니다. 정킷 비즈니스의 거물이에요. 그러다 보니 굉장한 거물 미식가들을 물어 왔어요. 멕시코의 석유 재벌, 러시아의 가스 재벌, 미국의 대형 헤지펀드… 아마 판돈도 클 것으로 보입니다."
"……."
"그들은 그들이 정한 룰에 따라 베팅하고 싶은 셰프를 선택합니다. 위너에게는 두 사람이 건 베팅 금액이 넘어가죠. 셰프에게 배당되는 몫도 있습니다. 1% 정도 되는데 거액을 걸다 보니 그것도 큰돈이 될 때가 있어요. 최종 결선 진출 상금 외에 말입니다."

"흥미롭군요."

"셰프는 요리만 하면 될 일이지요. 그래도 알기는 하셔야 할 것 같아서요."

"대략 얼마나들 거나요?"

"4년 전에 투자 거물들의 모임에서 나온 500만 불이 신기록입니다."

500만 불?

대략 50억 이상이다. 거액은 거액이었다.

"오늘은 아마 코인으로 걸 것 같습니다. 코인은 아시죠?"

"다른 건요?"

"잠시 후 3시가 되면 주방으로 가야 합니다. 준비 시간을 2—3시간 정도 드리게 될 겁니다. 자세한 룰은 거기서 들으시면 됩니다."

"주방은 어디에 있죠?"

"옥상입니다. 이 표식을 달고 가면 입장이 허용됩니다."

다비드가 작은 배지를 내주었다. 보스키 도르 요리 대회 휘장이 새겨진 배지였다.

"보스키 도르……."

"함께 요리할 두 셰프는 라트비아인과 중국인입니다. 저도 아직 보지 못했지만 굉장한 실력파라고 하더군요."

"지인분께 누가 되지 않도록 하겠습니다."

"그도 곧 도착할 겁니다. 송 셰프에 대해 굉장히 궁금해하거든요."

다비드의 말이 씨가 되었다. 5분도 되지 않아 전화기가 울리더니 가스파르의 도착을 알려 왔다.

"반갑습니다."

가스파르는 정중한 매너가 몸에 밴 사람이었다. 서글서글한 외모에 중후한 느낌, 그러면서도 품격을 갖췄으니 고급 비즈니스를 하기에 손색이 없었다. 체취는 균형, 조금 튀는 건 신맛 쪽이었다. 얼굴보다 체취부터 익히는 윤기였다.

"다 빈치 요리가 기막히다고 들었습니다."

"다 빈치뿐만이 아니라 역사적인 장면 속에 나오는 모든 요리가 가능한 셰프시네."

다비드가 부연 설명을 했다.

"그렇다면 정통 슈톨렌도 됩니까?"

가스파르가 물었다. 슈톨렌은 아기 예수를 감쌌던 강보 형태의 음식이다. 죄악과 탐닉에 대한 논쟁이 담겨 있다.

"물론입니다만 고대로 올라간다면 그것보다는 시바 여왕이 즐기던 메추리나 다윗왕이 애호하던 양 넓적다리 요리가 더 일품이지요."

"오오? 말만 들어도 식욕의 방아쇠가 저절로 당겨집니다."

가스파르가 총을 쏘는 시늉을 냈다.

"그럼 준비하고 가실까요? 오늘 진행은 내가 맡기로 해서 말이죠."

가스파르가 문을 가리켰다.

탕탕탕.

결전의 방아쇠는 그렇게 당겨졌다.

지잉.

엘리베이터가 열리자 굉장한 장면이 나타났다. 스카이 레스토랑이었다. 39층 스카이 라운지를 비집고 나간 유리 공간, 거기에 식사 테이블이 세팅되고 있었다. 기중기로 연결한 두바이의 공중 레스토랑과 유사했다. 바닥은 스카이 라운지와 붙어 있다. 그렇다고 해도 유리. 까마득한 지상이 적나라하게 보이고 풍경이었다.

"여기서 종신 심사 위원 특별전이 열리게 됩니다."

윤기의 눈치를 알아차린 가스파르가 먼저 답을 주었다.

"보스."

유리 안에 있던 금발의 미녀가 다가왔다.

"두 분은?"

"안에서 기다리고 있습니다."

"오케이."

미녀의 보고를 받은 가스파르가 윤기에게 눈짓을 보냈다. 유리 공간 안에 두 사람이 와 있었다. 가스파르와 윤기가 들어서자 두 사람이 자리에서 일어섰다.

"단문창 셰프님?"

가스파르가 말하자 노년의 남자가 손을 들었다. 70은 되어 보였다.

"그쪽이 라파엘로 셰프님?"

"그렇습니다."

뒤쪽 남자는 젊었다. 대략 서른을 갓 넘은 얼굴이다. 생기와 함께 에너지가 넘치는 남자였다.

"그럼 다 모였으니 소개부터 하죠. 오늘 보스키 도르 종신 심사 위원전에서 미식의 향연을 펼칠 세 사람, 이쪽은 코리아에서 온 송윤기 셰프입니다."

"……."

"이쪽은 중국에서 온 단문창 셰프, 그리고 그 옆은 발트해의 신성으로 불리는 라트비아의 라파엘로 셰프입니다."

가스파르가 세 사람을 소개했다.

"여기 단문창 셰프는 스잔느의 추천, 라파엘로 셰프는 리암의 추천입니다. 아, 송윤기 셰프는 제가 추천했습니다."

"……."

"두 분도 기본 설명은 들었을 것 같고……."

"……."

"심사는 7시 정각에 시작됩니다. 간단한 음료는 아마 호텔 시그니처 홀에서 가져올 거니까 세 분은 바로 요리에 들어가면 됩니다. 자세한 설명과 식재료 등은 우리 유리아가 알려 드릴 겁니다."

가스파르가 돌아보자 금발 미녀가 눈인사를 해 왔다.

"송 셰프님은 중국어와 불어, 영어가 가능하고, 라파엘로 셰프님은 불어, 단문창 셰프님은 모국어만 가능하군요?"

메모를 본 유리아가 말을 이어 갔다.

"그렇다면 단문창 셰프님께 불어 통역을 붙이고 불어로 진행해도 괜찮을까요?"

유리아가 의견을 물어왔다.

"중국어라면 제가 통역해도 됩니다만."

윤기가 손을 들었다.

"고맙지만 객관성을 위해 그럴 수 없습니다."

객관성?

하긴 그랬다.

악의를 가지고 오역을 해 주면 단문창이 불리해질 일이었다.

통역자가 따로 붙었다. 흑발의 미녀였다.

"오늘 요리 주제는 두 가지입니다. 전채는 자유 창작 요리이고 메인은 식재료 지정입니다. 창작 요리는 식재료관에 있는 것에 한합니다. 메인의 식재료 지정은 후원자의 리더가 정해지면 공개가 될 겁니다. 두 요리 공히 도구나 기구는 사용 금지입니다. 예를 들면 믹서기나 압력기 같은 것 말입니다. 오직 물, 불, 칼, 냄비, 팬 등의 기본 도구만 사용하셔야 합니다."

"……."

설명 중에 유리아의 핸드폰이 울렸다.

"잠깐만요. 후원자의 옵션이 들어온 것 같습니다."

유리아가 메시지를 확인한다. 윤기는 담담했다. 단문창과 라파엘로도 그랬다. 그러다 단문창과 시선이 닿았다. 가벼운 눈웃음이 교차될 때였다.

[단문창]

그 이름에 강력한 기시감이 느껴졌다.

'장 여사…….'

그제야 알았다. 얼마 전에 송야쉔이 모셔 온 중국 손님.

'열다섯부터 50여 년 이상…….'

그렇다면 70살 언저리다. 그녀가 말하던 단문창이 이 셰프인 모양이었다. 젠장, 세상 한번 좁았다.

"따라오세요."

유리아가 앞서 걸었다. 심사 장소를 나와 건물로 들어갔다. 복도 중앙의 문 앞에 조리복을 든 소년이 보였다.

"갈아입으세요."

유리아가 말하자 소년이 조리복을 건네주었다. 조리복의 색은 다 달랐는데 윤기의 것은 파랑이었다. 단문창은 황금색, 라파엘로는 빨강이다. 나중에 알았지만 이 색은 각 국의 국기색에서 따왔다. 윤기의 것은 태극의 푸른색을 가져온 거였다.

탈의실은 옆에 있었다. 안에 들어가서 입으니 기막히게 맞았다.

지잉.

곧이어 식재료관의 문이 열렸다.

"이야!"

라파엘로가 짧은 감탄을 토했다. 요람에서 무덤까지, 셰프들에게는 그 말을 응용한 명언이 있었다.

[캐비어에서 트러플까지]

없는 게 없다는 표현인데 이 안이 그랬다. 희귀한 잎채소와 야생 과일, 세 가지 트러플을 시작으로 다양한 곡류와 뿌리채소들, 해산물에 육류, 향신료까지 일체가 구비되었다. 오죽하면 한국의 간장과 된장까지 갖췄을 정도였다.

음료와 술도 그랬다. 사케는 물론이고 와인에 꼬냑도 한가득이다. 그런데…….

"레이블도 없이 똑같은 병에 들어 있잖아?"

앞서 걷던 라파엘로가 중얼거렸다. 와인이었다. 절반은 레드고 절반은 화이트. 수백 병의 와인들은 모두 같은 병에 레이블이 없었다.

"원래는 있었죠. 4년 전부터 떼어 버렸어요. 그때 외부 초빙 심사관으로 온 골든 램지 셰프의 의견이었어요. 욕쟁이 셰프 아시죠? 모름지기 진짜 셰프라면 어떤 와인이 좋은 건지 구분할 능력이 필요하다나요. 레이블 달달 외워서 판단하는 것 말고."

"……!"

그녀의 설명에 라파엘로의 표정이 굳었다. 윤기가 혼자 웃었다. 골든 램지라면 그러고도 남을 인간이었다. 아마 이 자리에 있다면 욕설부터 뱉었을 것이다.

[배부른 셰프 자식들, 능력 이상의 대우를 받고 있잖아?]

미소에는 다른 뜻도 있었다. 이건 윤기에게 절대 불리한 조건이 아니었다.

"1차 심사에 관한 식재료는 여기서 쓰면 돼요."

"2차는요?"

라파엘로가 물었다.

"2차도 여기 것을 쓰면 되지만 가니쉬와 향신료 등에 국한됩니다.”

“2차는 디저트입니까?”

“메인이라고 말했습니다. 그 식재료는 따로 있어요.”

그녀가 안쪽으로 들어갔다. 순간, 누릿한 야생의 냄새가 코끝을 스쳐 갔다.

짐작은 제대로 적중했다. 유리아가 걸음을 멈췄다. 그 앞에 놓인 건 야생동물의 고기들이었다. 가히 압도적이었다. 악어에, 사슴, 멧돼지, 염소, 야생 토끼, 심지어는 물개나 호랑이로 보이는 고깃덩어리도 있었다.

“메인의 식재료입니다.”

유리아가 중앙의 고기를 가리켰다. 반 마리가 놓였으니 위풍당당하기가 그지없었다.

“사슴?”

라파엘로가 중얼거렸다.

‘아니, 순록.’

윤기의 판단이었다. 뿔이 잘리고 가죽을 벗겼지만 몸통의 위엄으로 알 수 있었다.

지비에(GIBIER) 요리였다.

일반적으로 수렵으로 잡은 야생동물 요리를 총칭한다.

초자연산이니 맛있겠다고? 일반적인 생각은 그렇다. 하지만 여기에는 엄청난 애로가 숨어 있었다. 막강한 야생의 누린내.

비위가 약한 사람 중에는 순대국밥이나 돼지국밥을 먹지 못하는 경우가 있다. 거기 숨은 누린내를 1이라고 할 때 이들 지비에의 누린내는 5로 봐도 무방했다.

'이게 관건이군.'

윤기는 감을 잡았다. 지비에 요리는 어렵다. 누린내도 그렇지만 육질 역시 농장에서 자란 연약한 육류와 다르다. 질길 수 있고 맛의 결도 다를 수 있었다.

지비에 요리.

과연 특별 셰프전다운 식재료였다.

제7장

하이 리스크 하이 리턴

“규칙을 정리합니다. 오늘 참석자는 옵저버를 비롯해 일곱 분입니다. 지금부터 3시간 동안 요리 구상과 사전 준비를 할 수 있습니다. 그런 다음 심사 위원들과 VIP께서 도착하면 다시 1시간 30분을 드립니다. 다만 술은 고려치 않아도 됩니다.”

“…….”

“질문 있나요?”

“조리대는 어딥니까?”

단문창의 중국어 질문이 나왔다.

“저기가 주방입니다. 조리대는 세 개가 준비되었으니 각자의 조리복과 같은 색의 조리대를 쓰면 됩니다.”

유리아가 복도 끝을 가리켰다. 문이 자동으로 열렸다. 식재료관과는 불과 몇 미터 거리였으니 동선은 괜찮은 편이었다. 오븐과 조리 기구 등은 가히 압도적이었다. 동시에 수백 명 분량을 소화시킬 수 있을 정도였다.

"지금부터 요리가 시작되는 겁니까?"

라파엘로의 질문이 이어졌다.

"그건 각자의 방식에 달린 것 같은데요?"

유리아가 웃었다. 무엇을 만드느냐에 다르니 그 말이 맞았다.

"그런 것 같군요."

"그럼 심사 위원과 VIP들이 다 도착한 다음에 뵙겠습니다. 당장 요리 준비를 하지 않으실 셰프께서는 주방 끝에 딸린 휴게실에서 쉬셔도 됩니다. VR 게임도 가능하고 스크린 골프도 가능합니다. 아, 쭉 나가면 간이 수영장이 있으니 수영을 하셔도……."

통역을 들은 단문창이 먼저 움직였다. 윤기는 마지막으로 주방으로 들어섰다.

세 개의 조리대는 삼각형으로 마주 붙었다. 각자 독립된 공간이다. 안에 서면 상대의 얼굴 정도가 보일 뿐이니 무얼 만드는지는 볼 수 없었다.

"시설 한번 끝내주네?"

빨간 조리대에 선 라파엘로가 주방도를 체크하기 시작한다. 벽 쪽에는 기본 소스 몇 가지가 준비되어 있었다. 라파엘로가 맛을 본다.

윤기는 냄새와 농도로 맛을 체크했다. 단문창 역시 그런 눈치였다. 소스는 깔끔했다. 적어도 수셰프 이상의 요리사가 준비한 것으로 보였다.

그 한쪽으로는 대형 접시와 각종 유리 볼 등이 즐비했다.

"혹시……."

그릇을 체크할 때 단문창이 다가왔다.

"당신이 그랑 서울의 송 셰프인가요?"

중국어로 묻는다.

"저를 아십니까?"

윤기가 돌아보았다.

"역시 그랬군요. 장루이 여사가 당신 요리를 먹어 봤다고 하더군요."

"아……."

"이틀 전에 내 식당에 왔었는데 칭찬이 자자해요. 그래서 기억하고 있었습니다."

단문창은 담담했다. 고요하고 평화로운 얼굴 속에 요리의 관록이 고스란히 녹아들어 있었다. 에너지가 넘치는 라파엘로와는 결이 많이 달랐다.

"당신이 오는 줄 알았으면 오지 말 걸 그랬어요."

"네?"

"요리 실력과 식견이 대단하다고 들어서요."

"과찬이십니다. 장루이 여사께서는 셰프 요리를 극찬하셨습니다."

"중국어는 더 일품이군요?"

"아, 네……."

"아무튼 정신이 번쩍 드네요. 촌구석 식당쟁이를 불러다 이토록 쟁쟁한 셰프 두 사람과 경쟁을 붙여 버리다니……."

"저야말로 대가의 요리를 볼 수 있어 영광입니다."

"거기요, 라트비아에서 오신 라파엘로."

단문창의 언어가 어눌한 영어로 변했다. 그의 통역은 퇴장하고 없었다. 하지만 상관없었다.

셰프끼리는 서로 통하는 무엇이 있다. 주최 측이 없는 곳에서 세 셰프가 의기투합했다. 다른 나라의 셰프를 아는 것도 요리의 자산이기 때문이었다.

"기왕 만났으니 서로 최고의 요리를 만들어 봅시다."

조금 어려운 말은 윤기의 입으로 통역이 되었다.

의기투합을 끝내고 식재료관으로 나왔다.

무엇을 만들까?

그 결정부터 해야 했다. 그래야 준비가 가능했다.

이런 분위기…….

윤기는 좋았다. 직전 전생 안드레아가 이걸 즐겼다. 이런 기회를 통해 미식가와 상류층의 미각을 장악하고 교류의 폭을 넓혔다. 그러니 그리운 친정에 돌아온 듯 피가 끓어올랐다.

보스키 도르의 종신 심사 위원들이라면 세계 요식 업계와 미식가들에게 영향을 미치는 사람들. 그랑 서울 호텔의 리폼 룸이 한국 상류층에 어필할 수 있다면 이건 세계 상류층에 어필할 수 있는 기회였다. 말하자면 요리의 호수에서 요리의 바다에 다다른 것이다.

당신들의 미각.

기꺼이 장악해 드리지.

몇 날 밤이 가도 잊지 못하도록 강렬한 미식의 순간으로.

시작은 와인이었다. 마개를 열고 하나하나 체크를 했다. 마시지는 않는다고 해도 요리에는 쓰인다. 패스할 수 없는 재료였다.

요리.

이런 자리라면 당연히 먹는 사람의 수준을 고려해야 한다.

다음은 요리 시간이다. 제아무리 멋진 요리라도 정해진 시간에 끝내지 못하면 소용이 없었다. 심사 위원들은 미식가과 상류층 후원자들. 이 시대에는 왕의 위상에 버금간다고 볼 수 있었다.

뭘로 매료시킬까?

루이 14세와 나폴레옹, 표트르 대제와 강성왕 등 황제들의 레시피로 줄을 세웠다.

단문창은 털게와 비슷한 왕밤송이 게를 바구니에 담았다. 육질이 좋은 닭과 여러 종류의 알과 송이버섯, 트러플도 담는다.

게, 닭, 알, 버섯?

조합이 아리송했다.

라파엘로는 관자 살과 꽃새우, 그리고 캐비어였다. 그렇다면 주재료가 관자 살이다. 두 사람의 공통점은 갑각류의 해물이 들어간다는 것.

'갑각류라…….'

둘의 식재료를 보고 바로 주제를 바꾸었다. 심사 위원들의 이견을 좁히려면 직구 승부가 좋았다.

'루이 14세의 양송이' 재료를 고르다 내려놓고 토마토를 집었다. 새우에 더해 랍스터도 한 마리 잡았다. 묵직한 랍스터가 두 발을 허우적거린다. 이 정도 파워라면 두 셰프의 요리와 견줄 만한 자격이 있는 놈이었다.

다음은 메인의 순록이었다.

"부위 선택 우선권을 정하죠?"

라파엘로가 의견을 냈다. 윤기가 통역을 하니 단문창이 동의를 했다.

"어떻게 정할까요?"

라파엘로가 묻자 단문창이 의견을 냈다.

"생밤 바늘 썰기."

단문창이 생밤을 들어 보였다. 생강 바늘 썰기 이상으로 고난이도. 생밤은 부서지기 쉽기 때문이었다.

"좋죠."

라파엘로가 동의했다. 그도 자신이 있는 눈빛이었다.

"시작."

콜은 윤기가 했다.

사아앗.

세 고수의 칼이 움직이기 시작했다. 순식간에 껍질이 벗겨지고 속살이 나왔다. 윤기는 일부러 싱싱한 밤을 골랐다.

믿기지 않게도 끝나는 시간이 비슷했다. 단문창의 밤은 황금 바늘처럼 보였다. 라파엘로도 막상막하지만 조각 난 게 많았다. 윤기는 그보다 나빴다. 바늘 썰기는 유려하지만 부서진 게 반이었다.

"너무 싱싱한 걸 골랐군. 그런 밤은 수분 때문에 썰면 깨지는 게 많다네."

단문창의 위로였다. 윤기가 어리니 경험 부족으로 생각한 모양이었다. 하지만 윤기도 알고 있었다. 두 사람이 어떤 부위를 가져가는지 보기 위한 선택일 뿐이었다.

"그럼……."

단문창은 뒷다리를 통째로 잘라 갔다.

라파엘로의 선택은 등심이었다. 괜한 만용으로 좋은 부위를 다 놓쳤다고? 윤기는 그렇게 생각하지 않았다. 남은 부위는 다 윤기의 차지가 되었기 때문이다.

순록은 싱싱했다. 적어도 어제 잡았다. 보관 상태가 좋으니 육회를 먹어도 될 정도였다. 군데군데 살점을 떼어 맛을 보았다. 누린내와 함께 육질, 육향에 대한 체크였다.

"……."

상쾌하지는 않았다. 수컷이다. 누린내는 강하고 육질은 질겼다. 평균 수명인 5년을 가볍게 넘긴 놈이었다. 가만히 살덩이를 바라보았다.

다리와 등심이 사라지니 튼실한 척수가 고스란히 드러났다. 야생의 냄새는 생명 중추 쪽에 많이 분포된다. 척수나 골수 쪽이다. 이게 가까운 살은 누린내의 리스크가 컸다.

대신.

반대급부가 있다.

뼈나 골수 가까운 곳의 살은 감칠맛이 강하다.

[리스크가 크면 이익도 크다.]

경제 법칙은 요리법에도 통하고 있었다.

우둔, 사태, 양지, 갈비살, 토시, 안창, 차돌박이, 목심… 대표적인 두 덩어리가 사라져도 맛난 부위는 많았다. 게다가 선홍의 혀까지.

그 살들이 겹치자 산뜻한 영감이 떠올랐다. 남은 게 다 윤기 거라면, 기꺼이 다 써 주고 싶었다. 남은 부위들을 한 덩어리씩 떼어 냈다. 심지어는 순록의 혀까지.

그러고도 성이 차지 않아 뼈까지 일부 발골했다. 윤기 손에 들어온 순록의 뼈는 작은 송아지의 그것처럼 우람했다.

기이잉.

다행히 뼈 절단기가 있었다. 소스에 뼈를 구워 쓰는 경우가 많으니 도구로 취급하지 않는 모양이었다. 연골 뼈만 커팅해 불에 구웠다.

시간이 넉넉지 않으니 잘게 잘랐다. 연골 뼈만 우린 맛은 다른 뼈보다 담백하고 정갈하다. 이걸 베이스로 하는 소스를 낼 생각이었다. 마음을 곱게 쓴 보너스를 얻은 것이다.

연골은 천연 탄산수에 담갔다. 잡티를 빼는 데는 천연 탄산수가 그만이다.

표고버섯+버터.

구운 가리비.

구운 대파.

드라이 토마토.

안초비.

그리고 플러스 알파.

윤기가 세우려는 감칠맛 천국의 아이템들이었다. 미식가들은 맛의 기초를 평가한다. 기초가 허술하면 어떤 포인트를 넣어도 흔들린다. 그들 생리를 잘 아는 윤기였으니 토대부터 튼실하게 준비했다.

감칠맛 설계는 중층으로 구성했다.

1) 표고를 버터에 볶으면 감칠맛이 상승한다.

2) 구운 가리비를 얼음에 담근 후에 드라이 오븐에서 표면을 말려 간장에 넣고 달이면 앞선 감칠맛이 배수로 증폭된다.

3) 구운 대파는 양파 대용이었다. 양파는 흔하게 쓰는 재료다 보니 대파의 흰 부분을 선택했다. 이 또한 감칠맛을 내는 데 제격이었다.

4) 드라이 토마토도 두말할 필요 없다.

5) 안초비는 흔하게 쓰이지 않는다. 그러나 발효 과정을 거친 안초비는 이노신산과 글루타민산 덩어리라고 봐도 될 정도니 상승효과를 거둘 수 있었다.

베리는 맛을 깊게 하는 용도로 필요했다. 윤기에게는 오미자의 대용이기도 했다.

이제 포인트가 필요하다. 바로 리큐어와 와인. 식초인 비니거 또한 약방의 감초처럼 끼워 넣어야 하는 재료였다.

연골이 골격이고 감칠맛이 살이라면 리큐어와 와인은 얼굴이 된다. 요리도 사람처럼 첫인상이 중요했다.

힙노틱 리큐어가 먼저 간택을 받았다. 산뜻한 맛 때문이었다. 다음은 와인이다. 무작위로 섞인 백여 병이지만 윤기는 찜해 둔 것이 있었다.

[마산드라 피노]

맙소사.

이건 정말 신의 한 수였다. 윤기가 구상하는 소스와 기막힌 케미를 이룰 수 있는 향을 가졌다.

레이블은 없지만 확신했다. 이 와인들은 그 자체로 테스트를 겸한 게 틀림없었다. 그렇지 않다면 이런 레어템을 섞었을 리 없었다.

꼴꼴.

뼈가 자리한 육수 통에 절반을 부었다. 향이 좋으니 한 모금 맛을 본다. 역시 기가 막혔다.

이걸로 끝은 아니었다.

뜰채를 집어 들고 수조를 향해 걸었다.

윤기가 정한 해산물은 랍스터와 새우였다. 육류 구성이 바뀌었지만 그대로 담았다. 그런 다음 수조에서 굉장한 놈을 캐스팅했다. 튼실한 육수에 유니크함을 선물할 플러스 알파의 주인공이었다.

푸드덕.

육중한 물고기가 몸부림을 친다. 그 요동에 단문창과 라파엘로가 돌아보았다. 어류의 왕 도미였다. 진홍의 색이 도도했으니 여왕으로 보면 알맞을 것 같았다.

'도미 스테이크? 도미 빠삐요뜨?'

라파엘로의 눈빛이었다.

그 예상은 몇 초도 되지 않아 빗나갔다. 비늘과 내장, 아가미가 제거된 도미는 숯불 위로 올라갔다. 그리고 바로 사라졌다. 감칠맛의 육수통으로 골인된 것이다. 마무리로 구운 대파를 투하하면서 육수의 대장정을 마쳤다.

육수가 끓기 시작하자 소금을 골랐다. 거기서 또 단문창과 마주쳤다. 소금도 십여 가지가 비치되어 있었다. 암염부터 히말라야 소금, 심지어는 한국의 천일염도 있었다.

단문창은 프랑스의 게랑드와 한국의 토판염을 골랐다. 두 가지 소금을 고른 건 섞어 쓰겠다는 생각이다. 윤기는 거칠고 입자가 굵은 소금을 취했다. 소금들 중에서는 가장 평범했으니 단문창의 고개가 갸웃 기울었다.

그럴 만도 했다.

윤기가 취한 소금은 양까지 많았다. 볼륨이 거의 2리터에 가까웠다. 계란도 한 바구니나 집어 들었다.

송윤기.

뭘 하려는 걸까?

설마 소금구이?

라파엘로의 고개가 갸우뚱 돌아가지만 윤기는 신경 쓰지 않았다. 요리도 스포츠의 승패처럼 끝나 봐야 아는 것, 접시에 플레이팅 되어야만 알 수 있는 것.

*　　　*　　　*

조리대로 오는 길에 트러플을 골랐다. 퀄리티는 최상급이었다. 이렇게 좋은 재료를 마음대로 쓴다는 것. 행복한 일이 아닐 수 없었다.

계란 표면의 잡티를 마른 행주로 닦아 내고 커다란 지퍼백 안에 넣었다. 트러플도 함께 들어갔다. 마무리는 빨대가 맡았다. 빨대 크기만큼 지퍼를 닫은 후에 안에 든 공기를 빨아냈다. 수동 진공포장이다. 계란 마리네이드(?)다. 진공상태에서는 마리네이드가 초고속으로 일어난다. 즉 계란에 트러플 향을 입히는 과정이었다.

보글보글.

윤기표 육수에 감칠맛이 입혀지기 시작했다.

'알로스테릭 효과…….'

윤기가 꿈꾸는 감칠맛 폭탄, 시간 차 폭격의 이론이다.

글루타민산.

이노신산.

구알린산.

감칠맛의 대표 주자다. 글루타민산에 이노신산과 구알린산의 협공이 가해지면 가히 맛 폭탄이다. 코로나 백신의 부스터 샷과 같은 작용을 한다. 미각 장악은 물론이고 뇌로 전달되는 속도 또한 광속이 될 수 있었다.

다음은 육류 차례였다.

야생 고기는 야성적인 비주얼이 어울린다. 소재의 특성을 반영하기 때문이다. 그러나 먹는 데 불편하다. 예컨대 뼈가 붙은 채로 구워 낸다면 심사 위원들은 난감해질 수 있었다.

윤기는 둘을 다 만족시킬 레시피를 가지고 있었다.

부위별 살을 랩으로 감쌌다. 혀는 껍질을 벗긴 후에 중간 부위만 취했다. 이 부분의 마블링은 살치살에 버금가는 수준이었다. 그 또한 랩으로 싸서 냉동고에 넣었다. 포를 뜰 생각이었다. 그러자면 살짝 얼리는 게 좋았다.

[순록 밀푀유]

윤기의 선택이었다. 두툼한 볼륨으로 야생 육류의 야성미를 살리면서 셰프의 능력을 보여 줄 수 있는 참신성, 나아가 먹는 사람의 편리성까지 갖춘 메뉴였다.

그런데 딱 한 가지의 애로가 있었다. 꼭 필요한 그것, 트랜스글루타미나아제나 식용접착제 등의 결합제가 없었다.

이걸 어쩐다?

윤기의 눈이 식재료로 향했다.

무엇으로 접착제 대용을 삼을까?

예전의 윤기라면 고민으로 밤을 새우겠지만 그럴 필요는 없었다. 대용품은 코앞에 있었다.

*　　　*　　　*

[즈네브르]

[타임]

[티몰]

[블랙 페퍼]

[파프리카 파우더]

누린내 제거 임무는 이 친구들에게 맡겼다. 간단한 분량이면 청주나 야구르트, 된장 등을 쓸 수 있지만 그런 상황이 아니었다.

즈네브르는 향나무 열매로 진에 들어가는 원료다. 누린내 사냥에 탁월하다. 타임과 티몰, 후추 등도 같은 용도로 선발을 했다.

그래도 오미자가 아쉬웠다. 짓이겨 청주에 재웠다가 쓰면 누린내도 잡고 맛의 물결도 올려 줄 오미자. 수많은 향신료 중에 그것만 없었다.

'엇?'

그러다 꿩 대신 닭을 발견했다. 야생 산딸기 재료 속이었다. 자세히 보니 닥나무 열매가 몇 개 섞여 있었다. 닥나무 열매는 산딸기와 비슷하다. 몇 개를 골라낸 후에 맛을 보았다. 한국 것과는 조금 다르지만 닥나무 열매 계열이 맞았다.

'빙고.'

작은 전율이 느껴졌다. 그럭저럭 중박은 될 수 있는 아이템. 산딸기를 다 뒤져 한 주먹 분량을 확보했다. 모양이 비슷하다 보니 현지에서 섞인 모양이었다.

절구로 갈아 잡내 제거 팀에 합류시켰다.

얇은 포로 떠낸 육류도 수비드 수조로 입수시켰다.

응?

기구 사용은 금지 아니었냐고?

걱정 없다. 윤기가 만든 수동 버전이었다. 큰 그릇에 물을 넣고 끓이면 '약 100도'에 가깝다. 그 안에 빈 그릇을 넣어 물 높이보다 높게 하고 그 위에 바닥이 두툼한 냄비를 올린다. 간접 가열이다. 냄비 속 물 온도를 체크하니 대략 55—60도. 조악하지만 1시간 정도 넣어 두면 부드러운 육질을 얻을 수 있었다.

"심사 위원들과 VIP께서 도착하셨습니다. 잠깐 상견례를 할까요?"

준비가 한창일 때 유리아가 공지사항을 알려 왔다. 중간 작업을 마무리한 윤기가 앞치마를 벗었다.

"송 셰프."

공중 레스토랑 앞에서 이상백이 손을 흔들었다. 외국인 두 기자와 함께였다.

"준비는요?"

"잘되어 갑니다. 기자님은요? 취재 가이드는 나왔습니까?"

"지금부터 취재 개시랍니다. 요리나 심사를 방해하지 않는 선에서요. 저기 두 기자 보이죠?"

"네."

"르몽드와 뉴욕타임스의 기자들인데 왼쪽의 알버트가 에밀허쉬를 안답니다. 이번 취재도 그의 추천으로 왔고요."

"그래요?"

"당장 의기가 통해서 맥주 내기를 걸었습니다. 오늘의 위너 말입니다. 저야 물론 송 셰프인데 그는 단문창 쪽이더라고요."

"맥주 공짜로 마시게 해 드리죠."

다짐을 놓고 안으로 들어섰다.

짝짝.

박수가 먼저 쏟아졌다.

"어서 오세요."

중앙의 가스파르가 셰프들을 맞았다. 좌로 셋, 우로 셋, 합이 여섯. 가스파르까지 합치니 일곱이 포진하고 있었다.

"소개합니다. 올해의 종신 심사 위원 추천 셰프전 제1참가자, 중국요리의 거목 단문창 셰프님. 스잔느 님의 추천입니다."

가스파르가 단문창을 가리켰다. 노련한 단문창은 그 자리에서 고개를 숙였다.

"다음은 루암 님의 추천권으로 참가하신, 유럽 요리의 차세대로 불리는 라트비아의 요리 천재 라파엘로."

라파엘로는 한 발 앞으로 나와 인사를 했다.

"마지막은 제 추천권입니다. 이분은 이렇게 표현하는 게 옳을 것 같습니다. 역사에 전하는 모든 요리의 재현으로 세계 미식계를 흔들던 안드레아 위탱. 악마의 요리, 요리의 악마로 불리던 그의 복사판, 코리아의 송윤기 셰프."

순간 VIP석의 거물 하나가 남다른 반응을 보였다. 인사를 마치고 고개를 들던 윤기 눈에 그 모습이 제대로 들어왔다.

'페드로 회장?'

윤기 시선이 그를 직선으로 겨누었다. 멕시코와 아르헨티나 경제를 좌지우지하는 재벌. 동시에 전생의 요리에 빠져 일주일이 멀다 하고 전용기로 날아오던 그 사람. 3박 4일의 초호화 요트 선상 파티에서 셰프 초빙 비용으로 100만 불을 쏘기도 했던 그가 VIP석에 버티고 있었다.

가진 건 돈과 인맥.

좋아하는 건 요리와 여자, 그리고 플렉스.

백지수표.

마침내는 전속 조건으로 전생에게 제시했던 거물 중의 한 사람이었다.

나머지 둘은 체형이 내조적이었다. 한 거물은 페드로처럼 덩치가 컸고 또 한 사람은 날렵했다.

"VIP들까지 착석하셨으니 다시 한번 말씀드립니다. 요리 진행은 전채와 메인으로 합니다. 전채는 무엇을 만들든 자유입니다만 메인은 오직 순록으로 하셔야 합니다. 준비할 시간을 드렸으니 전채는 1시간 후에, 그로부터 30분 후에 메인이 들어오면 되겠습니다."

가스파르가 설명하는 동안 후원자들도 귀엣말을 나눈다. 아마도 딜을 걸 셰프를 정하는 모양이었다.

"후원자를 대표해서 페드로 회장님이 한 말씀 하시죠?"

"그러죠."

호명을 받은 페드로가 일어섰다. 짧은 거리를 다가오는데도 바닥이 흔들렸다. 느낌이 아니라 실제로 그랬으니 레스토랑 바닥에 유동성을 가미해 설계한 까닭이었다.

페드로.

그때보다 20㎏ 이상 살이 붙었다. 그는 셰프의 기를 체크하는 걸 좋아한다. 기가 약한 사람의 요리는 맛도 약하다는 게 그의 지론이었다.

제일 먼저 단문창을 바라본다. 단문창은 고요하다. 다음으로 라파엘로. 그의 생동감은 마음에 드는 모양이었다. 마지막으로 윤기를 겨누었다. 그의 눈동자가 서서히 커지기 시작한다. 윤기의 표정 때문이었다. 미식의 제국. 그 맛의 세계를 다스리는 황제의 고고함. 윤기의 표정이 딱 그랬다. 페드로를 처음 만난 그날, 그를 압도하던 그 표정이었다.

그도 기억할까?

페드로의 눈자위가 파르르 경련했다. 주름이 깊어졌지만 윤기는 알 수 있었다. 페드로의 몸은 그날을 기억하고 있었다.

윤기는 그 밖의 정보도 가지고 있다. 그가 열광하는 3대 요리…….

"당신?"

윤기에게 먼저 입을 열었다.

"코리아의 송윤기입니다."

불어로 답했다. 페드로도 불어를 알고 있었다.

"안드레아 위탱의 요리를 공부했다고요?"

"예."

"그 괴팍한 인간이 레시피를 남겼다는 말은 못 들었는데?"

퉁명스럽다. 그의 스타일이었다.

"오늘 보여 드리죠. 특별히, 회장님을 위해."

윤기가 야심차게 웃었다. 그 또한 황제의 미소였다. 맛의 제국 리폼을 통치하던 요리의 황제… 때문에 악마의 요리이자 요리의 악마로 불리던…….

"웃는 것도 닮은 것 같소만 내 취향을 맞히기는 어렵지. 안드레아가 환생하지 않는 한."

"서로 간절하다면 잠깐 돌아올지도 모르지요."

"허."

페드로는 고개를 저으며 옆으로 옮겨 갔다. 말장난 따위에 놀아날 사람은 아니었다.

"중국 최고의 셰프와 새로 뜨는 유럽 요리의 명소 라트비아, 그리고… 안드레아 셰프를 재현할 수 있다는 코리아의 셰프라니 여느 때보다 기대가 크기는 합니다. 그럼 시작할까요?"

페드로의 인사는 간단했다.

심사 위원들과 후원자들을 바라본 윤기가 발길을 돌렸다. 심사 위원들의 체취는 '거의' 완벽했다. 어느 것 하나에 치우치지 않으니 맛의 조화와 균형을 맞추지 못하면 점수를 받을 수 없다는 뜻이었다. 그러나 그건 기본이다. 모름지기 어떤 대회나 승부에는 악센트가 필수였다. 그게 없으면 완벽한 조화를 이루어도 어필하기 어려웠다. 거기에 또 하나의 필수 요건, 참신성의 추가.

균형.

그 균형 위에서 이루어지는 악센트.

그 두 가지 바탕 위에서 꽃피우는 참신함.

후원자들은 다르다. 그들에게 필요한 건 창의성에 더한 만족이었다. 이들은 그 카타르시스를 위해 거액을 뿌리며 후원자를 자청한다.

두 후원자의 체취도 맛의 균형을 이루고 있었다. 그러나 단 한 사람 페드로. 그의 체취는 여전히 일방 폭주에 있었다. 풍후 담백한 감칠맛 위에 아른거리는 새콤함. 전보다도 2단계쯤 더 체취가 진해졌다. 그렇기에 다른 누구도 만족까지는 도달하지 못한 페드로의 식성. 그러나 전생만은 그 심오(?)한 식성을 저격하는 아이템을 알고 있었다.

이날 페드로는 윤기와 제대로 궁합(?)이 맞았다. 간단한 추첨에서 최하위의 지명권을 획득한 것이다. 앞선 두 거물이 단문창과 라파엘로를 찜하니 남은 건 윤기뿐이었다. 윤기가 순록의 고기를 택하는 것과 닮은 꼴이었다.

조리대로 돌아와 허접한 계란을 10여 개 골라 비닐에 담았다. 그대로 냉동실에 넣었다. 단밤도 올리브유에 절였다. 윤기만의 2차전, 페드로 회장을 위한 준비였다.

안드레아의 사후 20여 년.

그럼에도 아직 안드레아에 대한 짝사랑을 버리지 못한 사람.
'간만에 그 저렴한 미각 한번 호강시켜 드리지.'
윤기는 그 뜨거운 충성도에 보답할 용의가 있었다.

"7시 30분에 전채가 마감됩니다. 마감 시간 5분 전이 되면 서빙 로봇이 들어옵니다. 로봇은 정시에 레스토랑으로 이동하며 로봇이 움직이면 요리를 탑재할 수 없습니다. 다만 메인은 셰프와 서빙 로봇이 함께 들어갑니다. 모쪼록 시간을 엄수해 주시기 바랍니다."
유리아의 설명과 함께 결전이 시작되었다. 부지런한 이상백은 고정 카메라를 두 개나 달아 놓았다. 다른 두 기자의 관심은 단문창에게 집중되었다. 그것은 곧 단문창의 승리가 가장 유망하다는 뜻이기도 했다.

단문창.
요리가 온몸에 밴 사람.
윤기로서도 부담스러운 상대가 아닐 수 없었다. 그렇다고 라파엘로가 민만하다는 것도 아니었다.
메인은 순록 밀푀유.
그렇다면 전채는?
원래는 랍스터와 새우를 이용해 루이 14세의 양송이 구이를 응용한 토마토 파르시를 만들려던 윤기. 모험적인 노선 변경에 들어갔다.

[토마토 밀푀유와 가르구이유]

가르구이유는 채소 허브 모듬 정도로 보면 된다. 그건 눈요기일 뿐, 진짜는 토마토 밀푀유. 이거라면 순록 밀푀유와 최상의 케미를 이루는 메뉴이자 참신성까지 충족할 수 있었다.

밀푀유는 주로 디저트로 나온다.

디저트 소재를 전채로?

개념만 본다면 모험이다. 하지만 어차피 메인에도 모험을 걸고 있는 윤기였다.

모험으로 모험의 가치를 높인다.

'도전.'

윤기는 기꺼이 루비콘강을 건넜다.

*　　　*　　　*

얇은 회의 대명사는 복어회다. 책 위에 놓으면 글자가 선명하게 보여야 한다. 일곱 버섯살을 그보다 얇게 저몄다. 육수에 적시자 한지처럼 늘어진다.

랍스터 살도 그랬다. 최대한으로 투명하게 떠서 감칠맛 육수에 적셨다. 토마토는 뚜껑을 따 내고 속을 파내는 것으로 준비를 마쳤다.

열네 개의 토마토에 밀푀유가 들어차기 시작했다. 트러플로 첫 벽을 세웠다. 다음은 내장 소스를 묻힌 랍스터 포, 그다음은 송이버섯, 그리고 랍스터 포. 그런 식으로 일곱 겹 밀푀유 벽을 세우고 중심에 통새우를 찔렀다.

그대로 오븐으로 들어갔다. 오븐에서 나오면 파슬리에 바삭하게 튀긴 감자칩 조각을 뿌리고 페코리노 치즈를 뿌리는 것으로 마감된다.

바삭.

한 입 베어 물면 감자칩 조각들이 먼저 메아리를 울린다. 청량한 소리와 함께 감칠맛 버섯과 조화를 이루는 내장 소스 랍스터의 맛 폭풍. 침이 고이니 더는 상상하지 않기로 했다.

토마토 밀푀유가 익는 동안 진공 처리된 계란을 꺼냈다.

"……?"

지켜보던 이상백의 눈이 휘둥그레졌다. 소금과 계란의 양이 엄청났기 때문이었다.

'소금구이?'

이상백의 상상도 그쪽으로 옮겨 갔다.

윤기는 소금과 계란 흰자로 반죽을 만들었다.

'아, 소금 가마.'

이상백의 생각이 변했다. 소금구이가 아니라 소금 가마 요리였다. 반죽들은 순식간에 작은 가마 형태로 만들어졌다.

이제 주재료가 나왔다. 전채도 나가지 않았지만 요리 시간을 맞추려면 시간 분할을 해야 했다. 고기가 익는 시간이 필요하니 메인까지 동시에 진행하는 윤기였다.

숯불은 가운데 공간을 남긴 채 피운다. 순록 밀푀유가 그 빈 곳에 놓였다. 숯을 석쇠에 담아 위에서도 지져 주니 숯불 시어링이었다. 표면이 황금빛으로 익자 바로 소금 가마를 씌웠다. 이 또

한 오븐으로 들어간다. 열네 개의 소금 가마에 타이머가 붙었다.

지잉지잉.

서빙 로봇이 들어서고 있었다. 전채를 낼 시간이 가까웠다. 가르구이유 마무리에 들어갔다. 마샬롯은 버터에 볶고 볼륨감이 있는 채소 둘은 숯불로 살짝 구웠다. 나머지 프리세와 소렐, 레몬밤 등은 생채로 냈다. 소스는 중독성이 강한 스위트 & 비네그레트에 아이올리를 살짝 더해 악센트를 주었다.

이제 플레이팅이다.

새하얀 접시 위에 가르구이유를 둘러 놓고 중심에 구운 토마토 밀푀유를 올렸다. 색색 채소의 물결 위에 놓인 토마토는 두 가지 포인트로 빛났다. 황금빛 버터의 표면과 그 중심을 뚫고 나온 빨간 새우 한 마리.

시간은 정확했다. 윤기가 마지막 접시는 올려놓는 것과 동시에 서빙 로봇이 움직였다.

'후아.'

한숨은 이상백이 쉬었다. 불과 몇 초 차이지만 윤기는 미동조차 없었다.

'저 강심장…….'

혀를 내두르는 이상백이었다.

"……."

윤기는 이제 커피 생두와 밤을 보고 있었다. 밤은 야생 육류의 맛을 살려 준다. 하지만 윤기에게는 식상했다. 시선은 커피로 옮겨 갔다. 페드로의 요리에 넣으려던 재료. 전채는 직접 서빙하는 게 아니므로 첨가하지 않았다.

메인은 직접 서빙이 허용된다.

'그렇다면…….'

승부구를 마다할 수 없었다. 페드로라면 이 특별 셰프전의 위너 이상으로 가치가 있는 사람이었다.

바로 생두 로스팅에 들어갔다. 윤기가 얻으려는 건 개미산이었다. 신맛이 독특한 원료다. 많이 쓰면 독이 되지만 소량을 쓰면 환상의 악센트가 될 수 있었다.

아쉽게도 여기 없었다. 하지만 대안이 있었다. 커피 생두에 개미산 성분이 있기 때문이었다. 이게 바로 커피의 신맛을 이루는 부분이다. 원리를 더듬는다.

로스팅 과정에서 클로로겐산이 분해되면서 퀸산이 만들어진다. 이때 소당류의 분해로 개미산이 형성된다. 이 맛을 살리는 건 로스팅에 달려 있다. 산의 열분해가 시작되기 직전. 그때 로스팅을 끝내야 더 많은 개미산의 맛을 구할 수 있었다.

'바로 지금.'

포인트 온도에서 로스팅을 끝냈다. 부채질로 열기를 내린 후에 바로 갈아 냈다. 분말의 맛을 보니 신맛이 강했다. 최상은 아니지만 비장의 무기로 쓰기에는 손색이 없었다.

"……?"

서빙 로봇들이 나가는 길목에서 카메라를 들이대는 이상백과 기자들. 숨도 제대로 쉬지 못했다. 나란히 줄지어 가는 서빙 로봇들. 그 위에 담긴 전채는 황홀경 그 자체였다.

꿀꺽.

목젖을 치고 가는 군침이 사나웠다.

단문창의 전채는 왕밤송이게가 소재였다. 그 위에 올린 우유 거품은 분자요리의 에스푸마 이상으로 부드러워 보였다. 푸르게 넓은 미역을 살짝 데쳐 내 바닥에 깔아 보는 눈부터 편하게 한다. 메인 옆에는 두어 가지의 해초 요리가 놓이고 크기별 계란이 세 쪽 딸렸다. 그것들은 게 알을 따라 장식되었는데 심오한 철학의 느낌을 연출하고 있었다.

라파엘로는 황금 관자요리였다. 지나갈 때 풍기는 냄새만 맡아도 식욕 폭발이었다. 가리비의 중심에 작은 새우 세 마리가 꽂혔다. 중심부를 파내고 끼워 넣은 것 같은데 자연스럽기 그지없었다. 그 중심에 세운 장식은 건조시킨 당근 조각과 구운 토마토 껍질이다. 깃발처럼 우뚝 높았으니 주목성이 탁월했다.

그 뒤로 윤기의 요리가 이어진다. 토마토 밀푀유와 가르구이유. 다소 투박해 보인다. 비주얼은 두 셰프처럼 압도적이지는 않았다.

미국 기자 알버트가 빙그레 미소 지었다. 비주얼만 봐서는 윤기 것이 약했다. 토마토는 아무래도 흔한 소재기 때문이었다.

그사이에도 메인은 계속 진행되었다.

"10분 남았습니다. 셰프님들은 가급적이면 같은 시간에 요리를 끝내 주시기 바랍니다."

유리아가 남은 시간을 알려 주었다.

고기 굽는 냄새가 잦아들기 시작했다. 향미가 잦아든다는 건 마감 단계에 들어갔다는 뜻이었다.

윤기는 잠시 눈을 감고 있었다. 자신의 요리를 제대로 감상하는 것이다.

'좋은데?'

빙그레 미소를 머금은 윤기, 접시를 준비하기 시작했다. 이상백은 또 한 번 긴장을 한다. 바닥이 오목한 접시는 텅 비어 있었다. 그 흔한 허브 한 장, 구운 토마토나 오렌지 한 조각도 없는 것이다.

윤기가 준비한 건 소스와 소스 볼에 국자 두 개. 그게 전부였으니 빈약하기 그지없었다.

'응?'

이상백의 미간이 한 번 일그러진다. 라파엘로는 한술 더 뜨고 있었다. 그는 달랑 접시뿐이었다.

그 통에 단문창의 요리를 보지 못했다. 잠깐 한눈파는 사이에 덮개가 씌워졌으니 접시 안의 요리가 보이지 않았다. 숯불구이인 것은 알고 있다. 하지만 덮개 안이 궁금한 건 숨길 수 없는 감정이었다.

"요리 마감합니다."

유리아의 안내는 간단했다. 세 셰프가 모두 손을 떼고 있었기 때문이었다.

"수고했어요."

그제야 세 셰프가 서로를 격려했다.

"가시죠."

유리아가 심사관을 가리켰다. 서빙 로봇들이 줄을 지어 입구로 나왔다. 세 셰프는 그 뒤를 따랐다.

라파엘로—점토로 둘러싸인 요리.

송윤기—소금 가마를 덮어쓴 요리.

단문창—덮개로 가려진 요리.

한결같이 베일에 가려 있다.

저 안에는 어떤 요리가 들었을까?

보스키 도르 최종전 출전 자격에 더불어 후원자들이 내놓을 거액 배당금의 운명까지 실린 메인 요리.

이상백과 두 기자의 눈은 줄지어 이동하는 서빙 로봇에게서 떨어지지 않았다.

"메인 요리가 도착했습니다. 서빙을 시작하겠습니다."

유리아가 말하자 세 명의 도우미들이 셰프들 앞으로 나왔다. 심사자는 모두 일곱 명. 각자 세 접시의 요리를 받아 들게 되었다.

"먼저 하시죠."

윤기가 단문창에게 양보를 했다. 단문창의 요리가 테이블로 옮겨졌다. 홍일점 스잔느의 요리가 먼저 개봉되었다.

"어머."

그녀가 짧은 탄성을 토했다. 사슴 뒷다리살을 유려하게 떼어내 구운 스테이크였다. 진한 향미와 함께 시각을 압도적하는 비주얼. 도구나 기구의 손길이 전혀 닿지 않은 듯 자연스러운 요리가 거기 있었다.

스테이크의 절반 정도를 덮으며 흘러내린 소스는 송아지 요리에 쓰이는 퐁드보가 베이스였다. 윤기는 향미로 그 정체를 알았다.

당연히 단문창만의 교정이 들어가 맛이 깊어졌다. 가니쉬는 구워 낸 어린 죽순과 아스파라거스, 송이버섯에 단밤 조각이었다.

'단밤…….'

거기서 윤기 시선이 출렁거렸다. 야생동물은 숯불과 잘 어울린다. 그 못지않게 단밤도 기막힌 궁합을 이룬다. 밤 특유의 부드럽고 달달한 풍미에 사르르 흩어지는 식감이 고기의 풍미를 올려 주기 때문이었다.

소스에서도 밤의 향이 피어나고 있었다. 그는 밤의 쓰임새를 알고 있었고, 제대로 썼다.

그리고 또 하나의 풍미…….

'카카오…….'

단문창은 과연 대가다웠다. 야생동물의 냄새를 다스리며 풍미를 올리는 처방을 간단하게 구현한 것이다.

스테이크의 상단에는 구운 어린 송이 반쪽과 잘게 썬 솔잎, 밤의 노란 알갱이를 듬뿍 뿌려 놓았다. 투박하지만 미각을 촉발시키는 구성. 동시에 원시의 성찬이자 야성의 진미를 물씬 풍기고 있었다.

퍽퍽.

라파엘로의 요리는 소리부터 났다. 점토를 깬 것이다. 그러자 그 안에 있던 요리의 위엄이 드러났다.

"……!"

심사 위원들의 이목이 집중되었다. 점토 안의 풍경은 맛의 천국처럼 보였다. 1인분용으로 잘린 등심은 흑마늘과 허브 줄기로 휘감겼다. 그 위에 점토를 입히고 구웠으니 향미와 허브의 향이 폭발처럼 밀려 나왔다.

모락.

타임과 티몰, 즈네브르 등이 등심과 어우러지며 깊은 향미를 이루었다. 오랜 시간 균등하게 작렬한 내부 온도 때문이다. 특히 즈네브르의 배합이 돋보였다. 고기의 분량과 제대로 맞았는지 위장 바닥의 식욕까지 자극하고 있었다.

'멋진데?'

윤기가 웃었다. 비웃음이 아니라 행복이었다. 한국에서는 보지 못한 수준 높은 요리들. 이것만으로도 참가의 의미는 충분할 것 같았다.

"송 셰프."

유리아가 윤기를 호명했다.

윤기가 요리 앞으로 나섰다. 에스키모의 이글루를 닮은 소금 가마. 라파엘로처럼 '파괴'하지 않았다. 그대로 심사 위원들 앞에 놓고 가마의 바닥에 칼을 넣어 돌렸다. 바닥을 떼어 얌전하게 가마를 들어낸 것이다.

"아."

심사 위원들의 반응이었다. 소금 가마 안의 고기는 밀푀유였다. 황금빛 자태의 순록 밀푀유. 가마가 열리기 무섭게 진미가 밀려 나왔다.

거침없는 감칠맛의 폭풍.

어찌나 강렬한지 콧구멍을 때리고 뇌수를 흔든다. 라파엘로와 비슷한 방식이지만 소금기와 흰자위 덕분에 향미가 깊고 깊었다. 가볍게 터치한 숯불 시어링에 짭쪼름한 소금 가마의 향까지 가미되었으니 고문이 따로 없었다.

소스는 밀푀유 둘레를 따라 가지런히 부어 주고 꼬리를 남겼다. 꼬리 쪽에 구운 닥나무 열매 세 알을 놓고 거칠게 다진 구운 버섯을 밀푀유 위에 뿌리는 것으로 플레이팅을 가름했다.

"끝났습니까?"

가스파르가 물었다. 윤기는 우아한 매너로 인사를 하고 물러났다.

심사 위원들의 시식이 시작되었다. VIP들도 포크와 나이프를 집는다. 윤기 옆의 단문창이 윤기를 향해 엄지를 세워 보였다. 윤기 역시 그에게 엄지척을 쾌척했다.

기자들의 카메라도 바빠졌다. 테이블 앞에서 셔터가 불을 뿜는다. 오직 선택받은 기자들만이 올 수 있는 보스키 도르 종신 심사 위원 추천전. 메인 요리의 위엄은 그들의 카메라에 고스란히 담겼다.

"Ah!"

"Oh!"

심사 테이블에 감탄이 흘러나온다. 표정 관리를 하고 있지만 참을 수 없는 풍미들이었다. 윤기의 밀푀유는 3단계 풍미를 풍겼다. 감칠맛으로 농축된 소스와 감칠맛을 극대화한 밀푀유, 그리고 그 시너지를 촉발하는 장치들이 촘촘한 탓이었다. 이 맛의 그물에 걸리지 않을 사람은 없었다. 있다면 그는 미맹일 뿐.

윤기 시선은 페드로에게 있었다. 그의 접시에 추가한 스페셜 때문이었다. 국자였다. 커피에서 추출한 액즙을 넉넉하게 묻혀 놓았다. 소스에 넣은 미량과는 비교할 수도 없이 많았다. 페드로의 소스만 그 국자로 떴으니 완벽했다.

사앗.

그가 밀푀유를 커팅했다. 박력 있게 절반이었다.

"……?"

눈동자와 함께 목젖이 꿀럭이는 게 보인다. 예전보다 반응이 조금 늦었다.

'당신도 늙었군.'

그러나 식욕까지 늙을 나이는 아니었다. 만약 그랬다면 이런 후원에 나서지 않았을 그였다.

두툼하게 한 점을 집더니 입으로 가져간다.

플렉스.

요리가 마음에 들면 그는 그런 말을 외친다. 그런 다음 접시를 당기거나 들고서 게걸스레 먹는다. 각국의 돈을 빨아들이는 그의 사업 취향과도 닮았다.

[플렉스]

그 말은 나오지 않았다. 중얼거리는 기색도 없다. 두 점을 더 먹더니 주변을 돌아본다. 다른 사람들은 시식에 여념이 없다.

'뭐지?'

윤기의 시선이 골똘해졌다. 체취는 전과 크게 다르지 않았다.

나이를 먹었으니 반응은 느릴 수 있었다. 하지만 그 정도가 아니었다. 페드로는 결국 나이프와 포크를 놓아 버렸다.

"……."

윤기의 시선이 차갑게 굳었다. 다른 누구보다 열광할 줄 알았던 페드로였다. 위너에 더불어 그를 보너스(?)로 챙길 생각이었다. 그걸 위해 특별한 재료까지 만들었다. 그런데 결과는 중도 포기?

'쳇!'

시식은 그렇게 끝났다. 모두가 접시를 비웠지만 페드로의 것만 절반 이상 남았다. 윤기의 순록 밀푀유만…….

제8장

백지수표 전속셰프 제의를 받다

심사 위원들이 숙의를 하더니 위원장 가스파르가 일어섰다.

"단문창 셰프님."

지명을 받은 단문창이 고개를 들었다.

"훌륭한 요리였습니다. 역시 스잔느 여사께서 강권해서 모셔 올 만한 솜씨였습니다."

"과찬입니다."

"전채부터 참신했어요. 그렇게 정갈한 맛의 왕밤송이게는 처음입니다."

"……."

"소스가 혀가 아릴 정도로 기막히던데 어떤 비법 소스였나요?"

"샬롯에 레몬, 버터를 더해 화이트 와인으로 졸여 냈을 뿐입니다."

"게살은요? 굉장히 포근하고 맛이 진했어요."

"딱 12분, 미디엄 레어로 쪄서 살을 바른 뒤에 먹기 직전에 다시 찌는 방법을 썼습니다. 그러면 가장 먹기 좋은 미디엄이 되거든요."

"게 껍데기 속에 트러플을 넣었죠? 풍미를 살리기 위해서였을까요?"

"그렇기도 하지만 메인이 야생 육류 아닙니까? 산은 바다로 흐르고 바다는 산을 품으니 자연의 풍미를 연결하기 위해 썼습니다."

"그랬군요. 그리고… 게 알로 이어지는 알들 말입니다. 알고 보니 그것도 게살이더군요. 노른자는 게 알… 먹는 눈과 함께 보는 눈까지 즐거웠어요."

"작은 수고를 더해 봤는데 마음에 들었다니 기쁩니다."

"이제 메인으로 가서… 숯불구이, 가장 정직한 요리법을 택했군요?"

"야생 육류에는 그보다 알맞은 요리법을 모릅니다."

"숯을 다룬 솜씨가 일품입니다. 고기의 상태를 보니 부채질로 온도를 올린 것 같은데요?"

"맞습니다. 숯불은 대략 600도지만 부채를 더하면 1,000도도 가능하니까요. 숯의 원적외선으로 직접 가열해 표면은 바삭하고 속은 촉촉하게 만들었습니다."

"숯불 덕분에 잡내도 없고 향미는 더 깊어졌어요. 그런데 숯불만으로는 육질이 이렇게 연해지지 않을 텐데 어떤 방법을 썼나요?"

"역시 숯입니다."

"숯?"

다른 심사 위원들이 반응했다.

"마침 대나무가 있더군요. 참숯을 쓰는 중간중간 오래 묵은 대나무 숯으로 향을 입혔습니다. 맛이 정갈해지는 한편 고기를 연화시키죠. 고기를 삶을 때도 오래된 대나무 줄기로 감아서 삶으면 질긴 고기가 연해집니다."

"숯불은 진리지만 그것만으로 깊은 맛을 내기는 힘들었을 텐데요?"

"숯불로 구운 후에 두꺼운 청동 오목 그릇을 씌워 향을 가두고 열을 고기 내부로 전도시켰습니다. 그렇게 하면 맛이 더 깊어질 수 있지요."

"역시 경륜이 빛나는군요. 과정 하나하나가 공감이 됩니다. 게다가 친자연적이니."

"……."

"그리고 여기 소스 말입니다. 퐁드보가 베이스 같은데 더 깊은 맛으로 변했어요. 굉장히 부드럽고 더 아련한 맛이 느껴지는데 어떤 방법을 이용하셨나요?"

"고기 위에 올려놓은 밤입니다."

"밤?"

"굽거나 찐 밤의 식감은 부드럽고 달달하며 기분 좋게 녹아버리는 특징이 있죠. 야생에서 난 것이라 야생동물과 잘 어울릴 것으로 보아 구워서 다진 후에 소스에 넣어 졸였습니다."

"그저 밤입니까?"

"정확히 말하면 단밤입니다. 그냥 밤은 농도와 식감을 우아하게 만들지만 맛에는 큰 영향을 미치지 않거든요. 거기에 카카오와 오렌지 껍질을 포인트로 마무리한 소스입니다."

"밤과 대나무, 그게 셰프의 승부수였군요?"

"그렇습니다."

단문창의 마무리였다.

라파엘로의 요리에 대한 질문은 스잔느가 맡았다. 보아하니 크로스체크 같았다. 다른 심사 위원이 추천한 셰프에게 질문을 하는 것이다.

"새우를 품은 황금 관자 살, 비주얼부터 일품이었어요. 와인은 어떤 걸 쓰셨나요?"

"리슬링 와인입니다. 과일 향에 미네랄 노트라 담백한 관자와 제격이라 생각했습니다."

"잡내는 날리고 감칠맛은 살려 놓은 마리네이드에 레디시 장식… 보기만 해도 역동적인 플레이팅이 식욕을 자극하더군요. 특히 레몬 첨가가 신의 한 수였어요."

"감사합니다."

"메인의 점토구이도 오랜만이었는데 어머니의 아련한 손길? 그런 느낌을 고스란히 받았네요."

"……."

"특히 흑마늘과 함께 감은 허브 줄기들이 인상적이었어요. 등심과 열애라도 나눈 듯 맛의 교감이 이루어졌더라고요."

"……."

"즈네브르 말이에요, 다른 육류 요리에도 이걸 선택하나요?"

"아닙니다. 야생 육류다 보니 그걸 다루기 위해 썼습니다."

"탁월한 선택이었어요. 과하지도 않고 모자라지도 않으면서 야생의 잡내를 완벽하게 통제하고 있어요."

"……."

"소스 대신 선택한 소금도 그래요. 만약 소스가 나왔더라면 점토 속에서 승화된 풍미를 방해할 뻔했거든요."

"……."

"이 소금에도 셰프의 처방이 깃들었죠?"

스잔느가 첫 번째 소금을 집어 들었다.

"거칠게 갈아 낸 블랙페퍼를 파프리카 파우더와 함께 미량 더 했습니다. 풍후한 맛만으로 단조로울 때 악센트를 주기 위해서입니다."

"개인적으로는 만족스러웠어요. 역동적인 플레이팅의 황금 관자 살과 대조를 이루는 원초적 분위기의 점토구이… 같이 세팅이 되었다면 더 멋졌을 거예요. 다시 먹고 싶은 맛이었습니다."

스잔느의 평이 끝나자 리암이 걸어 나왔다. 이제 윤기의 차례였다.

"송 셰프?"

"예."

"토마토 밀푀유와 허브 가르구이유… 보기에는 평범했는데 뜯어 보니 평범하지 않았어요."

리암의 시선이 윤기를 겨누었다.

"앞선 두 셰프도 전채와 메인을 연결했더군요. 그 줄기는 바로 새콤한 신맛이었죠."

"……."

"물론 단문창 셰프는 한 가지를 더 사용했습니다만 형식에 지나지 않은 게 있습니다. 그게 뭔지 아실까요?"

리암이 윤기에게 물었다.

"버섯입니다."

윤기의 답이었다. 그러자 단문창과 라파엘로의 눈빛이 출렁거렸다. 특히 라파엘로가 그랬으니 아차 싶은 눈치였다.

"맞습니다. 평범하게 보이는 당신의 토마토를 돋보이게 만든 비밀 병기, 바로 버섯이었죠. 그것도 한두 가지가 아닌……."

"버섯은 야생 육류와 가장 잘 어울리는 식재료입니다. 여러분이 일곱이니 트러플부터 표고까지 일곱 버섯으로 버섯 밀푀유를 만들었습니다."

"버섯 사이에 끼운 랍스터 말입니다. 왜 랍스터였을까요?"

"메추리 목살과 날개살을 쓰고 싶었죠. 하지만 다른 셰프들이 해물을 선택하길래 비슷한 재료로 평가받고 싶었습니다."

"그 선택이 멋졌어요. 그렇지 않았다면 우리 모두 디저트가 잘못 나온 줄 알았을 테니까요."

리암이 빈 접시를 들었다 놓았다. 정통 밀푀유는 보통 디저트로 먹기 때문이었다.

"아무튼 바삭거리는 식감부터 주목성이 높았죠. 짭조름한 감자칩 파티클에 하얀 페코리노 치즈, 그게 랍스터의 살과 내장에 어우러지니 기막힌 앙상블이었습니다. 일곱 가지 버섯의 합창은 아예 천상의 화음과도 같았고요. 그제야 알았습니다. 디저트의 선입견을 무릅쓴 과감한 시도의 가치를."

"……."

"과감하다고 한 건 밀푀유의 재료 때문이기도 합니다. 순록의 어느 부위를 썼습니까?"

"밀푀유의 특징을 제대로 살려 보기 위해 두 셰프가 가져간 살 외의 부위를 고루 썼습니다. 혓바닥부터 척수, 골수에 붙은 속살점까지."

"척수와 골수에 붙은 살. 그것도 많이 쓰셨죠?"

"그렇습니다."

"……?"

윤기 옆의 두 셰프 표정근이 살짝 펴졌다. 그건 위험천만한 선택이었다. 척수나 골수에 붙은 고기는 야생동물 고유의 냄새가 강하다. 그렇기에 우선권을 쥔 단문창은 뒷다리를 썼고 라파엘로는 등심살을 선택했다. 그렇잖아도 누린내 제거가 관건인 야생동물. 그런데 하이 리스크 부위의 살을 썼다고? 그것도 듬뿍?

자살행위.

혹은 기본 미달.

약관 나이 경험치의 한계일까? 두 셰프의 입가에 엷은 미소가 스쳐 갔다. 둘 중 어느 경우라 해도 경쟁자 한 명이 날아간다는 신호였다.

이상백의 표정도 굳었다. 그 자신은 이런 이유를 몰랐지만 알버트 기자가 중얼거리는 걸 들었다.

"신예의 한계인가? 밀푀유라는 형식에 너무 연연했어. 그 냄새를 어떻게 감당하려고……."

그가 혀를 차지만 윤기는 오히려 웃고 있었다.

이 장면.

하이 리스크의 팩트 체크.

바로 윤기가 의도한 장면이었다.

*　　　*　　　*

"어떤 이유였을까요?"

"질문하시는 의도는 순록의 누린내 때문이겠죠?"

"그렇습니다."

"하이 리스크 하이 리턴입니다. 그건 분명 모험이었지만 성공하는 순간 성취감이 남다르지 않습니까? 척수나 골수에 인접한 고기는 강한 짐승 냄새가 나는 반면 강한 감칠맛을 내므로 매력적인 것도 사실입니다."

"그게 팩트입니다. 누린내가 가장 강력한 부위를 썼어요. 게다가 이 순록은 평균 수명 이상의 것이라 육질이 질긴 편이죠.

그런데 육질은 부드럽고 누린내는 간 곳이 없었어요. 다사롭고 우아한 향에 세련된 산미가 그 자리를 대신하고 있었으니까요."

"레시피를 설명하겠습니다."

"그래 주세요."

"그걸 해결한 건 세 가지입니다."

"세 가지?"

"첫째, 육질을 부드럽게 만든 건 닥나무 열매입니다. 신기하게도 육질을 부드럽게 만들고 아련한 향까지 낼 수 있으니 키위나 파인애플에 댈 것이 아닙니다."

"……."

"하지만 그것만은 아니었으니 순록 육질의 구미를 촉발시키는 또 하나의 방아쇠는 바로 개미산입니다."

"개미산을 썼다고요?"

듣고 있던 가스파르가 고개를 들었다. 다비드 역시 뜻밖이라는 표정이었다.

"네."

"그럴 리가요? 비치된 식재료 중에 개미산은 없었습니다. 그건 바람직한 첨가물이 아니니까요."

"바람직하지 않다는 근거를 알려 주시겠습니까?"

"몰라서 물으세요? 개미산을 많이 먹으면 독이 될 수 있습니다."

"조금 넣으면요?"

"……?"

"그것도 알려 주시면 고맙겠습니다."

"적량을 넣으면 야생 육류의 맛을 살려 주기는 합니다만."

"제가 개미산을 쓴 이유입니다."

"하지만 개미산은… 우리 몰래 들여온 거라면 셰프는 실격입니다."

실격.

폭탄선언이 나왔다.

"저는 주최 측에서 준비한 재료만을 사용했습니다."

"셰프, 이건 중요한 문제입니다."

"개미산으로 비치된 건 분명 없었습니다. 하지만 만들 수 있는 원료는 있었죠."

"원료라고요?"

"바로 이겁니다."

윤기가 커피 생두 몇 알을 꺼내 보였다. 혹시 몰라 가지고 온 생두였다. 그걸 리암에게 넘겼다.

"금지 식품입니까?"

"그건 아니지만 이걸로 어떻게?"

리암이 윤기를 바라보았다.

"모두가 아시겠지만 야생 동물요리 지비에는 카카오가 잘 어울립니다. 그렇기에 단문창 셰프께서도 카카오를 사용하신 거겠죠. 일부 셰프들은 간편 방식으로 인스턴트커피를 넣기도 하는데 그 쌉쌀한 맛이 숯불과도 조화를 이루는 까닭입니다. 그렇다면 인스턴트커피가 왜 통하는 걸까요? 바로 개미산을 품고 있기 때문이지요."

"……?"

"그 답이 생두입니다. 이걸 로스팅하면 퀸산이라는 물질이 만들어지는데 이때 개미산이 형성됩니다. 산의 열분해가 시작되기 전에 로스팅을 마치면 간단하죠. 개미산이 가장 많을 때니까요."

"커피 생두로 개미산을 만들었다?"

"그렇습니다. 제가 노린 감칠맛 3단 폭발의 가장 높은 곳. 거기에 개미산이 있었습니다. 농후한 감칠맛의 소스에서 이어지는 척수와 골수 근처 살의 감칠맛, 거기 강렬한 악센트로 쐐기를 박아 주는 개미산의 매력."

윤기가 답하자 장내는 침묵으로 덮였다. VIP들의 시선은 윤기에게 있었다. 흥미와 관심이 동시에 집중된 시선이었다.

특히 페드로가 그랬다. 그의 눈빛은 속절없이 출렁이고 있었다. 코리아에서 온 젊은 신성. 생면부지의 초면. 그런데 점점 더 강력한 기시감이 깃들기 시작했다. 저 태도와 저 자세, 그리고 요리에 대한 자부심과 위엄…….

그걸 충족하는 사람은 딱 하나뿐이었다.

'안드레아…….'

페드로의 눈빛은 한껏 좁혀져 있었다. 아까는 흘려들은 윤기의 말. 그러나 안드레아의 이미지가 겹치니 넋을 놓고 말았다.

"실격을 벗어났다면……."

좌중을 압도한 윤기가 뒷말을 이었다.

"계속 설명해도 되겠습니까?"

"그, 그러세요."

리암의 답이었다.

"지금까지는 고기에 대한 설명이었습니다. 그러나 소스가 있었지요. 제 요리의 방점은 거기 찍히는 게 옳습니다."

"소스?"

"개미산으로 악센트를 준 밀푀유에 날개를 달아 준 재료. 바로 와인이었습니다. 식재료라는 아름다운 시녀들을 한 줄기로 통합시켜 버린 황후의 위엄, 와인."

"와인?"

리암의 반응이 크게 나왔다. 그 또한 윤기가 기다리던 그 반응에 속했다.

"거친 야생동물의 육류를 다스릴 수 있는 맛은 두 계열이 있겠죠. 하나는 더 강한 맛으로의 다스림이고 또 하나는 어머니의 손길처럼 부드러운 맛으로 감싸 버리는 것."

"……?"

"가장 간단한 방법으로 요구르트가 있습니다. 육질을 담갔다 쓰면 괜찮은 효과를 볼 수 있으니까요."

"……?"

"그렇다면 왜 요구르트일까요? 바로 발효식품이라는 것에 포인트가 있습니다."

"……."

"그러나 같은 발효라고 해도 와인과는 비교할 수 없죠. 특히 딱 한 병 비치하신 그 와인에 비하면."

딱 한 병의 와인.

그 단어가 나오자 모두의 긴장감이 극치에 달했다. 심지어는 단문창과 라파엘로도 신경이 곤두선다. 수백 병이나 비치되었던 와인들. 셰프들도 보통 와인 공부를 한다지만 그걸 다 구분한다는 건 와이너리의 전문가나 최상급 소믈리에가 아니고는 불가능한 일이기 때문이었다.

"셰프."

리암의 목소리가 떨린다. 그 떨림을 윤기가 직격해 버렸다.

"마산드라 피노."

와인 이름이다.

"……?"

윤기는 보았다. 그 이름이 나오는 것과 동시에 리암의 시선이 차갑게 굳어 버리는 걸.

*　　　*　　　*

"마산드라 피노를 아십니까?"

리암이 물었다. 애써 침착한 표정이었다.

"마산드라는 우크라이나의 와이너리입니다. 니콜라스 2세를 위한 와인을 만들던 곳. 그 와인이 어떻게 섞여 있는지는 모르지만 저의 행운이었다고 생각합니다."

"셰프가 찾은 게 마산드라 피노라는 걸 어떻게 확신하나요?"

"그 달고 부드러운 바닐라 맛, 그처럼 섬세한 바닐라는 마산드라 피노만의 축복이죠. 이 와인의 경우는 오래오래 숙성되어 더 경이롭고 깊은 맛이었지만요."

"……."

"다시 말씀드리지만 마산드라 와인이 없었다면 제 요리의 맛은 한 단계 낮아졌을 겁니다."

짝짝.

둔탁한 박수가 나왔다. 페드로였다. 그의 박수가 길어지자 옆의 두 VIP도 박수 대열에 동참했다. 그러자 심사 위원들의 박수도 뒤를 따랐다.

"그것이었군요. 순록의 육질과 잡내를 최고의 맛으로 승화시킨 당신의 레시피……."

"그것 말고도 또 하나의 포인트가 있었어요."

스잔느가 손을 들어 보였다.

"바다 냄새였겠죠?"

윤기가 먼저 응답했다. 이 또한 기다리던 반응이었다.

"혹시 랍스터나 해삼의 액즙 같은 걸 넣은 겁니까?"

"제가 사용한 건 생선의 황제 도미였습니다."

"도미?"

"전채로 낸 토마토 밀퓌유. 그 영감은 루이 14세의 양송이요리에서 왔습니다. 거기에 순록은 사슴과의 황제, 그렇다면 바다의 황제인 도미를 넣어야 맛이 완성된다고 생각했죠."

"아."

"산은 바다를 향해 달리고 바다는 산을 품어 줍니다. 그렇기에 빛나는 조연으로 사용했는데 도미의 부드럽고 깊은 맛이 야생에서 난 재료들의 맛을 우아하게 만들어 주는 역할을 했습니다. 거친 파도를 쓰다듬듯 말입니다."

"하이 리스크 하이 리턴?"

"예."

짝짝.

이번에는 리암의 박수였다.

"멋진 설명 아니었습니까?"

리암이 심사 위원들을 돌아보았다. 그들이 긍정하자 윤기 앞으로 다가섰다.

"당신의 순록 밀퓌유에 별 다섯을 드립니다. 개인적인 평가지만 오랜만에 만점을 줘 보는군요. 혹시 이 메뉴가 당신의 식당에 있다면 머잖아 다시 가 보고 싶군요."

처음과 달리 그는 흔쾌했다.

★★★★★.

최고점이다. 그것도 권위 있는 미식가가 쏜 별이었다. 비로소 윤기의 긴장이 녹아내렸다.

짝짝.

심사 위원들도 박수로 동참한다. 이번에는 단체 기립 박수였다.

그들이 한 테이블로 모였다. 난상토론이다. 위너를 결정하는 모양이었다. 오래 걸리지 않았다. 각자의 의견을 발표하더니 하나둘 자리에서 일어섰다.

"보스키 도르 종신 심사 위원 추천전의 결과를 발표합니다. 올해의 추천전은 그 어느 때보다 수준이 높아 보람이 컸습니다. 규정상 결선에 나갈 사람은 한 사람뿐이지만 마음은 세 분을 다 승자로 꼽고 있음을 알아주시기 바랍니다."

"……."

"송 셰프……."

뒤쪽의 이상백이 속삭이듯 불렀다. 윤기가 돌아보니 엄지를 세워 보인다. 윤기의 행운을 빌어 주는 이상백이었다.

"최종 결선 진출자."

인사말을 끝낸 가스파르가 발표에 들어갔다. 종이 펼치는 소리가 바스락거린다. 단문창은 윤기를 보고 있다. 마음을 비웠는지 끄덕, 고갯짓으로 윤기에게 힘을 실어 주었다.

"코리아의 송윤기 셰프."

공식 발표가 떨어졌다. 기자들의 카메라가 윤기를 겨누기 시작했다.

"축하하네."

단문창이 악수를 권해 왔다.

"축하합니다."

라파엘로 역시 깨끗한 승복과 함께 윤기를 포옹했다.

"송 셰프님."

다비드도 뜨거운 포옹을 아끼지 않았다.

"축하합니다."

가스파르의 축하가 이어진다.

"내가 추천한 네 번째 셰프십니다. 앞의 세 셰프들 모두 우수했지만 최종전까지 나가지는 못했어요. 그런데 이렇게 제 체면을 살려 주는군요."

"선택해 주셔서 감사합니다."

"오늘 요리는 가히 압권이었어요. 순록 밀푀유라뇨? 게다가 그 엄청난 모험, 모험보다 빛나는 맛과 소스. 나아가 희귀 와인을 찾아내는 빛나는 안목까지… 당신 정말 토종 코리안이 맞나요? 아무래도 유럽 셰프의 명가에서 자란 게 아닌가 싶을 정도였습니다."

"토종 코리안 맞습니다."

윤기가 잘라 말했다.

"황제의 성찬, 인상적이었어요. 저는 사실 소금 가마가 나올 때 뜨악했는데 그 향을 맡으면서 범상치 않음을 알았어요."

스잔느도 칭찬 대열에 합류했다.

"이제야 말이지만 밀푀유의 시작은 소금 가마였습니다. 소금과 반죽한 계란의 흰자… 스잔느께서 맡으신 향은 트러플이었는데 계란과 함께 넣어 두어 향을 흡착시킨 후에 버무렸죠. 가마가 구워지면서 그 냄새가 안팎으로 확산되었으니 있는 듯 없는 듯, 아련한 풍미가 되었을 겁니다."

"맞아요. 너무 아련해서 더 깊은 매력이었죠."

스잔느의 호감이 깊어 간다. 단문창과 라파엘로의 요리도 기막혔지만 윤기의 요리에 빠져 버리는 그녀였다.

"시상식 진행하겠습니다."

유리아가 다가와 심사 위원들의 주의를 환기시켰다.

"종신 심사 위원 셰프전 우승자 송윤기, 보스키 도르 최종전 진출 자격 증서와 함께 상금 1만 불, 그리고 후원회 상금을 수여합니다."

유리아가 말하자 페드로가 나왔다. 그가 오늘의 시상자였다.

"축하하오."

윤기 앞에 우뚝한 그가 증서와 봉투를 건네주었다. 유리아는 꽃다발로 보조를 맞춘다. 이상백의 카메라가 쉴 새 없이 터진다.

간단한 시상 뒤로 기념 촬영이 이어진다. VIP들은 엄청난 거물들. 나아가 심사 위원들 역시 세계적인 권위자들. 사진 한 장의 가치가 억만금에 이를 지경이었다.

후원회의 상금은 얼마인지 몰랐다. 그게 목적이 아니었으니 굳이 궁금하지도 않았다.

"송 셰프."

다비드가 옆으로 다가왔다.

"내일 아침에 스케줄이 있습니까?"

"아닙니다."

"그럼 푹 쉬신 후에 내일 아침에 만나죠. 가스파르가 식사를 쏘겠답니다."

"알겠습니다."

"내 일찍이 송 셰프의 능력을 간파했지만 오늘 요리, 진짜 감동이었습니다."

인사를 남긴 다비드는 심사 위원들과 함께 퇴장을 했다.

"송 셰프님."

그제야 이상백이 윤기 손을 잡았다.

"축하합니다. 덕분에 다른 취재기자들 코를 확 눌러 버렸습니다. 코리아 넘버 원, 찍소리도 못 하더군요."

"그러셨어요?"

"자식들이 죄다 단문창에게 걸지 뭡니까? 사실 나도 전채 나갈 때하고 단문창 셰프 요리가 호평을 받을 때까지는 좀 불안했는데 그걸 뒤집어 버리네요. 진짜 대단했습니다."

"응원해 주신 덕분입니다."

"아닙니다. 아까 요리 보면서 군침을 얼마나 넘겼는데요. 요리 현장취재가 고문이기는 처음입니다."

"나중에 기회 되면 맛보여 드리죠."

"그 약속, 녹음되었어요?"

"네."

"이야, 종신 심사 위원 추천권으로 보스키 도르 본선 직행이라… 이거 우리 한국 출신 셰프로는 처음 있는 대사건입니다. 솔직히 올림픽 금메달보다 더 설레네요."

"그래도 올림픽 금메달보다야……."

"왜 이러십니까? 올림픽 금메달이야 값지지만 우리 한국이 수도 없이 가져 보았잖아요? 하지만 보스키 도르 본선 대상은 아직 근처에도 못 가 봤다는 거 아닙니까?"

"거기서도 사고 한번 쳐 볼까요?"

"송 셰프라면 가능하죠."

"이 기자님이 오실 건가요?"

"가죠. 안 보내 주면 사표를 내고서라도 갈 겁니다."

잔뜩 고무된 이상백의 어깨 옆으로 페드로가 보였다.

"송 셰프를 기다리는 눈치 같은데요?"

"그런 것 같네요."

"그럼 말씀 나누세요. 저는 저 기자들 턱 얻어먹으러 갑니다. 혹시 시간 나면 바로 연락하시고요. 아무리 바빠도 우리끼리 축배 한잔은 때려야 하지 않겠어요?"

이상백이 멀어지자 페드로 회장이 다가왔다.

"송 셰프?"

"하실 말씀이 있으신가요?"

"아까 그 메인 요리 말입니다."

"드시다 마셨죠?"

윤기가 먼저 답했다. 윤기도 궁금하던 사항이었다. 분명 페드로의 취향을 저격했었다. 시식의 반응도 나쁘지 않았다. 그런데…….

왜 먹다가 만 걸까?

플렉스.

오랜만에 듣고 싶던 그 포효는 왜 침묵으로 끝난 걸까?

“요리가 마음에 안 드셨습니까?”

윤기가 정중하게 물었다.

“그 반대였소.”

페드로의 답이었다.

‘반대?’

그렇다면 윤기의 취향 저격은 제대로 통했다. 그런데 왜?

“미안하지만 그 요리를 다시 청할 수 있을까요? 비용은 따로 내겠소.”

“회장님.”

“주방 비용은 우리가 댔어요. 내일까지도 사용이 가능하다오. 거기서 먹어도 상관없습니다.”

페드로.

조바심이 엿보인다. 이제 보니 먹고 싶은 걸 겨우 참고 있는 모습이었다.

그래?

그렇단 말이지?

윤기는 노련하게 그 미소를 숨겼다. 그런 다음.

“조금 기다리셔야 합니다만.”

슬쩍 여유를 부렸다.

“상관없소. 몇 시간이라도.”

“그러시면 주방으로 가시죠. 여긴 정리가 되는 모양새라…….”

“부탁합니다.”

페드로의 당부가 한 번 더 이어졌다.

"알겠습니다."

순록 밀푀유 재료와 소스는 넉넉했으니 어려울 것도 없었다.

맛의 제국에 투항하겠다는 페드로. 황제의 아량으로 받아 주기로 했다.

"셰프."

소금 가마 준비가 끝나 갈 때 페드로가 주방으로 돌아왔다. 잠시 업무를 보고 온 모양이었다.

주방 한쪽에 자리 잡은 페드로는 거물답지 않게 얌전했다. 덩치에 사회적 지위만 아니라면 딱 맛난 요리를 기다리는 소년의 모습이다. 이게 바로 요리의 위엄이었다.

맛난 것은 고가의 보석 가치에 뒤지지 않는다. 보석을 손에 넣듯 위장에 넣어야 하는 것이다.

"드시죠."

그 앞에서 새 소금 가마를 열었다. 풍미의 핵폭발은 아까보다 살짝 강했다. 후각 때문이다. 인간의 후각은 쉽게 마비된다. 그렇기에 풍미를 조금 더 입혔다. 그래야만 식욕이 더 맹렬해지게 되이 있었다.

잠시 숨을 고른 그가 흡입을 시작했다.

우물.

두어 번 맛을 음미하더니 마침내 벼락 괴성을 내질렀다.

"플렉스!"

빙고.

윤기가 원하던 말이 나왔다.

이후로는 정말이지 폭풍 흡입이 아닐 수 없었다. 심사 때보다 넉넉한 양이었음에도 눈 깜짝할 사이에 해치워 버렸다.

이유도 백만 가지(?)였다. 아까보다 개미산의 농도를 조금 더 높였다. 천연이라는 단서가 붙기는 했지만 MSG도 소량 보탰다.

특급 셰프가 MSG?

물론 좋지 않다. 그러나 사람에 따라서는 미각 격발을 더 세게 자극할 수 있었다.

게다가 그에게는 추억의 맛이다. 추억이라는 맛. 오미나 칠미에 들어가지 않지만 때로는 그것들보다 더 강력하게 미각 촉발을 시킨다.

자수성가한 그는 어릴 때의 영향 때문인지 MSG의 체취가 남달랐다. 그러니 윤기도 인정할 수밖에.

아까 시도하지 않은 건 심사 위원들 때문이었다. 그들은 MSG에 호의적이지 않다. 지금은 달랐다. 다른 사람 의식할 필요가 없으니 페드로의 식성만 저격하면 그만이었다.

신도여 열광하라.

내 요리의 축복 속에서.

윤기 안의 전생들이 열광을 한다.

오버하지 마.

이번 생은 내 것이야.

내 가치관대로 살 거라고.

윤기는 자신의 이성으로 전생의 광기를 살포시 눌러주었다.

"회장님."

마지막 밀푀유 조각을 해치운 그에게 윤기가 다가섰다.

"말하시오."

"죄송하지만 아까 밀푀유를 남기신 이유를 알 수 있을까요?"

"아까?"

"네. 실례가 되지 않는다면……."

"말해 드리죠."

페드로가 얼굴 표정을 고쳤다.

일부러 찾아와 부탁할 정도면서 요리를 남겼던 페드로. 특별한 이유가 있는 게 분명했다. 그걸 알고 싶었다.

* * *

"두 가지 이유가 있습니다."

"……?"

"하나는 내 딸이고 또 하나는 기자들 카메라."

"……?"

"내가 맛에 취하면 정신없이 먹는 편이거든요. 그런데 늦둥이 우리 딸이 질색을 합니다. 품격을 지키라나요? 그런데 아까는 기자들이 촬영을 하고 있지 않았습니까? 그런 모습이 찍히면 내가 우리 딸에게 찍힙니다. 그러니 마음 놓고 먹을 수가 있어야지요.

이런 요리는 그냥 막 퍼먹어야 제맛이니 먹다 보면 분명 그쪽으로 갈 게 뻔했습니다. 그러나 보니 카메라를 의식해서 참고 또 참은 것뿐입니다."

아하.

보기보다 딸바보였군.

정답이 나왔다. 격하게 공감되는 사연이었다.

"그러셨군요."

윤기가 웃었다. 저격은 빗나간 게 아니었다.

"그나저나 송 셰프."

"예."

"안드레아 위탱의 요리를 공부했다는 거 정말이군요?"

"예."

"이 맛… 아까 먹은 것보다도 더 그의 맛을 닮았습니다. 아까 리암을 상대로 요리를 설명하던 태도와 자신감까지도."

당연하죠.

그가 나의 전생이니까요.

그의 모든 것을 받았으니까요.

개싸가지만 빼고.

윤기는 미소로 답했다.

"그래, 또 뭘 공부했습니까? 혹시……."

"방금 드신 순록 지비에… 하지만 지비에라면 뭐니 뭐니 해도

'리에브르'겠죠. 프랑스 왕가의 사랑을 독차지한 메뉴."

"그것도 가능합니까?"

페드로의 반응은 거의 비명에 가까웠다. 왜 아닐까? 그건 페드로가 사족을 못 쓰는 메뉴의 하나였다.

"시작할까요?"

"좋죠."

"그 전에 계란튀김은 어떨까요?"

"억."

"계란은 사양인가요?"

"그럴 리가요. 더 좋죠."

페드로의 엉덩이가 들썩거렸다. 둘 다 그가 애정하는 요리였고 엉덩이를 들썩이는 건 요리에 안달이 났을 때 나오는 습관이었다.

윤기가 조리대 앞에 다시 섰다. 그 위에 얼린 계란과 산토끼 고기가 놓였다. 산토끼 공략도 순록과 비슷했다. 각 부위의 살을 발라 부드럽게 다졌다. 마리네이드를 한 다음 넓게 포를 뜬 살로 말아 진공상태를 만들었다. 양은 많았다. 페드로의 식성은 한 번 열리면 제어되지 않는다. 적량의 두 배 이상을 먹어야 만족하는 타입이었다.

누린내 제거는 일사천리였다. 순록의 경우가 있었으니 약간의 변화만 주면 될 일이었다. 토끼 고기가 수동 수비드 수조(?) 안으로 들어갔다. 아까와 같은 원리였으니 온도만 한 번 더 체크하는 윤기였다.

[리에브르 루아얄]

이 산토끼 요리 레시피는 각종 요리 대회 출제로도 유명하다. 프랑스의 귀족들에게 사랑받던 요리였으니 그 매력 때문이었다.

관건은 오리지널로 알려진 레시피를 기반으로 셰프의 창의력을 덧붙이는 일. 그렇기에 전생은 몇 가지 응용으로 미식가들의 기호를 사로잡고 있었다.

[무화과, 사과, 단밤, 카카오, 푸아그라, 포르치니 버섯]

리에브르의 소스 구성은 약간 변화를 줬다. 무화과와 사과로 개미산을 대체하고 포르치니 버섯에게 악센트를 맡겼다. 포르치니 버섯은 트러플이나 송이버섯 못지않게 독특한 향을 가지고 있다. 그게 카카오와 단밤에 어우러지면 기막힌 상승효과를 낸다.

밤 콩피는 이미 준비가 된 상태. 퓌레 소스를 준비하고 고기를 꺼냈다. 토끼 한 마리의 살점을 거의 다 투하한 리에브르는 대형 김말이의 허리를 반으로 잘라 놓은 비주얼이었다. 모양을 잘 잡은 후에 오븐으로 넣었다. 타이머가 울리면 꺼내서 숯불을 입히면 끝이다. 그 숯은 당연히 너도밤나무의 숯이었다.

이제 꽁꽁 언 계란을 꺼냈다. 멕시코를 좌지우지하는 대재벌 페드로. 그를 위한 재료치고는 최악의 퀄리티였다.

하지만 싸구려라고 나쁜 것만은 아니다. 얼린 계란 튀김은 기묘하게도 저급한 계란의 노른자라야 제격이었다. 답은 노른자에 숨어 있다. 계란이 얼면 단백질이 굳으면서 젤리 상태가 된다.

이때 노른자의 풍미가 강화된다. 냉동이 일종의 숙성 효과를 내는 것이다. 퀄리티가 좋은 계란은 그 풍미를 내지 못한다. 오버 현상으로 느끼한 맛에 가까워진다.

껍질 벗긴 계란에 베이컨과 치즈를 한 겹씩 두르고 튀김옷을 입힌 후에 올리브 기름 안으로 넣었다. 요기는 미량의 개미산을 첨가했다.

'고마워.'

개미산과 전생에게 보내는 마음이었다. 전생은 온갖 시도 끝에 이 비법을 깨우쳤다.

얼린 계란.

삶은 계란.

찐 계란.

구운 계란.

삭힌 계란…….

계란요리 하나에도 수많은 방법을 동원했다는 뜻이었다.

촤아아.

상큼하게 자글거리는 튀김 소리는 맑은 연주음 이상으로 청량했다. 튀김이 익어 가는 동안 오븐에서 나온 리에브르를 숯불 위에 올렸다. 여러 맛을 한층 강조해 주는 너도밤나무도 고맙다. 잡티조차 날리지 않으니 더욱 고마웠다.

우뚝한 위엄으로 시어링된 리에브르. 밤 콩피를 깔고 올려놓았다. 그 위로는 각 부위에서 포로 떠 내 따로 구운 고기가 올라갔다.

대패 삼겹살처럼 동그랗게 말린 상태였으니 그 자체로 데코가 되었다. 이제 포르치니 버섯 조각을 솔솔 뿌리고 노랗게 갈아 낸 단밤 분말이 추가된다.

샤방.

효과음이 있다면 그 소리가 어울린다. 리에브르는 황금빛으로 변해 있었다. 시원하고 상큼한 로즈마리 잎 몇 개를 올림으로써 오랜 단골 페드로를 위한 요리가 끝났다.

"……?"

접시를 받아 든 페드로는 말을 잊었다. 난공불락의 성처럼 육중하게 세팅된 리에브르와 그 옆에서 맛김을 뿜어대는 계란 튀김들. 마치 성을 수호하는 기사들처럼 보였다.

"셰프?"

페드로의 음성이 떨고 있다. 윤기는 모른 척 음료를 준비해 주었다. 페드로는 야자술을 좋아한다. 마르코 폴로의 술 '토디'다. 이 술은 야자나무에서 '열린'다. 야자나무 줄기를 자른 곳에 병을 매달아 놓으면 술이 '열리는' 것이다.

풋풋한 풋내에 달고 신맛이 너그럽다. 그 술 역시 전생이 선보여 주었다. 신맛의 포인트가 페드로를 매료시켰음은 당연한 일이었다.

"응용 버전의 토디입니다. 리에브르에 잘 어울릴 것 같아서요."

"……!"

그 말에 페드로가 굳었다.

"토디……."

"드시죠."

그쯤에서 한발 물러나 주었다. 요리는 보물이지만 먹어야만 진짜 보물이 되기 때문이었다.

"플렉스."

페드로의 함성이 바로 터진다.

"기막히군… 안드레아의 토디 맛이 들었어."

맛을 본 페드로가 윤기를 향해 잔을 흔들었다.

"다음에 기회가 오면 제대로 된 레시피로 올리겠습니다."

"코리아의 그랑 서울 호텔에 계시다고?"

질문과 함께 계란이 잘렸다.

"아."

페드로가 또 한 번 굳는다. 튀김에서 흘러나온 황금 때문이었다. 폭발적인 향미와 함께 꾸역꾸역 밀려 나온 건 노른자였다. 새하얀 흰자는 이제 막 익기 시작했고 노른자는 최상의 반숙. 이 또한 안드레아의 요리에서나 볼 수 있는 환상적인 그림이었다.

"플렉스……."

또 한 번 중얼거린다. 페드로는 알고 있다. 다른 셰프는 이런 튀김을 만들지 못한다. 그 증거가 반숙의 노른자였다. 반숙으로 삶은 계란으로 튀기면 기름 온도 때문에 노른자가 더 익어 퍽퍽해진다. 껍질을 까지 않은 날계란을 튀기면 이런 상태가 가능하기는 하다. 하지만 아무리 봐도 계란 껍질은 보이지 않았다.

매직.

저급 계란의 화려한 변신을 모르는 페드로는 그렇게밖에 생각할 수 없었다. 별 셋의 미슐랭 스타에서도 보지 못한 스킬이기에.

'흐음.'

페드로의 입으로 튀김이 들어갔다.

"……!"

바로 표정근이 굳어 버린다. 정지, 감각의 일시 정지였다. 계란을 감싸고 있던 베이컨과 치즈, 거기에 노른자의 풍후함이 중첩되자 풍미가 폭발해 버린 것이다.

"이토록 난폭한 맛 속에 이토록 풍후하고 섬세함이라니……."

세상에 이보다 행복한 일이 있을까? 길고 긴 콧김을 뿜어낸 페드로의 손이 리에브르로 향했다.

꿀꺽.

목젖이 자동으로 꿀럭인다. 기사를 해치웠으니 이제 본격 성문 공략이었다.

"최상급 라비올리의 풍미보다 몇 배는 강력하군. 이거야 정말……."

라비올리는 고기나 치즈 등으로 속을 채운 사각 파스타다. 잘 만든 라비올리를 입에 넣으면 풍미가 폭발한다. 그렇기에 생각만으로 침이 고이게 하는 라비올리. 오늘은 하나도 그립지 않았다.

"후아."

리에브르 한 점을 물더니 아예 몸서리 모드로 돌입한다. 방금 먹은 튀김의 그것과도 비교조차 할 수 없이 깊은 맛. 치밀하게 다진 고기가 언뜻언뜻 다른 맛으로 녹아 버리니 환상이 따로 없다. 그 맛을 격한 목 넘김으로 즐기는 페드로였다.

"무화과와 사과 향이 섞인 퓌레 소스가 일품이야. 그리고 그 아래에서 치고 올라오는 달고 부드러운 맛……."

"단밤 콩피를 깔았습니다."

"플렉스."

포크를 잡은 채 엄지척을 날려 주더니 접시를 통째로 당겨 버린다. 그의 공략은 점점 더 거칠어졌다. 리에브르를 몰아치다가 이따금 튀김으로 돌아선다. 어떤 경우든 볼이 미어지도록 밀어 넣기는 마찬가지였다.

맛있는 건 못 참지.

초로의 재벌도 마찬가지였다.

심술보가 든 것 같은 볼이 귀여워 보이는 건 이때뿐이다. 나이를 먹었어도 식사법은 크게 변하지 않은 페드로. 흡사 걸신에 가까웠으니 그의 딸이 품격을 운운하는 것도 당연해 보였다.

"아아, 이 맛… 얼마 만인지……."

페드로는 점점 애절해진다. 그 애절함을 따라 토디가 줄어들고 접시 위의 성과 기사들도 휑하니 비워지기 시작했다.

"하아."

마지막 고기까지 먹어 치운 페드로가 깊은 한숨을 쉬었다.

"회장님, 뭐가 잘못되었습니까?"

윤기가 물었다.

"그래요. 그것도 크게……."

"……?"

"안드레아… 어떻게 안드레아의 요리를 알게 되었습니까? 셰프?"

"그의 레시피를 구했죠."

"표트르 대제와 카를 대제, 로마 황제 콤모두스의 진미도 말입니까?"

"그걸 배우지 못했다면 오늘의 요리도 만들지 못했을 겁니다."

"그렇다면 안드레아라는 인간에 대해서는 어떻습니까?"

"어떤 사람이었나요?"

윤기가 물었다. 페드로의 입으로 듣고 싶었다.

"나 이상의 빌런이었죠."

"빌런……."

"다들 그렇게 말하더군요. 나도 인정합니다. 내가 먹어 치운 기업들이 한둘이 아니거든요. 하지만."

페드로의 미간에 힘이 들어가는 게 보였다.

"안드레아를 빌런이라고 폄훼한 것들 모두 그의 테이블에서 개처럼 침을 흘리며 요리를 기다리던 인간들입니다. 그 테이블에 한 번 앉기 위해 온갖 청탁에 아부까지 마다하지 않던 인간들. 그런 주제들이 안드레아가 죽자 온갖 험담을 늘어놓기 시작하더군요."

"……."

"그러나 팩트는 단 하나죠. 안드레아의 요리는 다른 셰프의 그것과 격이 다르다는 것. 그의 요리만이 인간의 식욕을 완벽하게 채워 준다는 것. 적어도 이 페드로에게는."

"……."

"억만금을 주어도 다시는 못 먹을 줄 알았던 안드레아의 요리……."

페드로가 빈 접시를 집어 들었다. 접시와 함께 감회에 젖었다.

"여기서 다시 만났습니다. 송 셰프, 당신 손을 통해서……."

"억만금입니까?"

"그걸로도 모자라지요. 이 맛은."

"그 칭찬, 마음 갈피에 깊이 찔러 두겠습니다."

"나도 이 맛을 마음 갈피 깊이 넣어 둘 겁니다. 정말 신기하군요. 이번 특별전은 왠지 모르게 당기는 마음이 있어 후원을 받아들였더니……."

페드로의 감정이 북받치고 있었다. 먹을 것 앞에서 인간은 솔직해진다. 페드로는 더욱 그랬다. 비즈니스에는 무자비하다지만 상관없었다. 윤기 입장에서는, 요리 테이블에서만 얌전하면 그만이었다.

"안드레아의 요리를 세 번째 먹은 날, 그에게 제안을 했습니다."

[백지수표]

윤기가 질러 나갔다.

페드로가 안드레아에게 말하는 장면이 그려졌다.

"셰프, 여기 접고 멕시코로 갑시다. 당신이 원하는 최고의 주방을 만들어 주겠소. 거기서 나만을 위한 레스토랑을 열어 주시오. 돈은 원하는 대로 이체해도 좋아요."

그 말과 함께 노트북을 내밀었다. 계좌 이체의 화면은 열려 있었다. 그의 재산은 셀 수도 없는 재력가. 아닌 말로 조 단위의 액수를 입력해도 될 판이었다.

"내 전속 셰프가 되어 달라고 말입니다."

"……."

"칼거절을 당했죠. 안드레아는 그런 사람이었습니다. 돈으로도 살 수 없는… 이 세상에서 내가 마음대로 할 수 없는 단 한 사람. 할리우드의 여배우들도, 각국의 정상에 기업가들도 다 내가 좌지우지할 수 있지만 그만은……."

"……."

"그 제안을 송 셰프 당신에게 드립니다."

"……."

"내 전속 셰프가 되어 주시오. 또 한 번 그 좌절을 맛보고 싶지 않으니 연봉은 얼마여도 상관없어요."

다시 페드로의 노트북이 열렸다. 윤기 쪽으로 밀어 놓는다. 어쩌면 멕시코 전체를 사고도 남을 사람.

이 빛나는 기시감.

그의 눈빛은 그날처럼, 절대 농담이 아니었다.

텅 빈 입력란. 컴퓨터판 백지수표다.

깜빡깜빡…….

윤기의 눈은 명멸을 반복하는 커서에 꽂혀 움직이지 않았다.

*　　　　*　　　　*

꿈의 연봉.

윤기에게는 그런 게 있었다.

1억이었다.

조리과학고를 졸업하던 때의 꿈.

연봉 1억이면 최상이었다.

첫 전생인 역아는 어땠을까?

그의 연봉은 '천하'였다. 천하를 갖는 게 그의 꿈이었다.

안드레아 역시 그랬다. 그의 연봉 또한 지상의 모든 것. 돈과 명예를 포함한 모든 사람의 존경과 추종. 심지어는 맹신까지도 포함하고 있었다.

한 100억 적어 넣을까?

페드로라면 질러 버릴지도 모른다. 하지만 별로였다. 100억은 큰돈이지만 대신 자유를 잃는다. 거액은 앞으로 얼마든지 벌 수 있다. 그러니 급하게 선택할 필요 없었다.

"마음만 받겠습니다."

윤기가 말했다. 정중한 사양이었다.

"셰프……."

"알고 있습니다. 굉장한 제의라는 거."

"맞아요. 수많은 사업을 했고 수많은 인재를 만났지만 백지수표를 내민 적은 흔치 않습니다."

"요리사에게는 이미 전례가 있다고 했습니다."

"안드레아 셰프……."

"그때 안드레아 셰프가 뭐라고 했나요?"

"안드레아 셰프는……."

"제가 한번 맞혀 볼까요?"

"당신이?"

"내 요리는 독점할 수 없다. 왜냐면 더 많은 사람들에게 베풀어야 하니까."

"……?"

"아마 그랬지 않았을까요?"

"셰프."

페드로가 벌떡 일어섰다. 이마는 어느새 식은땀으로 가득했다. 아마 넓은 등골에도 저 땀이 흘러내리고 있을 것이다. 왜냐면 안드레아가 한 말을 그대로 카피했기 때문이었다. 윤기에게는, 하나도 어려운 일이 아니었다.

"맙소사, 당신……."

페드로의 눈동자에 격랑이 일었다.

"현재의 제 마음이기도 합니다. 거액의 연봉을 받으며 회장님 전속 셰프로 사는 것도 행복하겠지요. 하지만 저는 더 자유롭게, 더 많은 사람에게 요리의 신세계를 보여 드리고 싶습니다. 그래야 더 많은 맛을 만들 수 있고 더 많은 사람들이 행복해지겠죠. 그러니 양해를 바랍니다."

"아아……."

"섭섭하실지 몰라도 회장님을 위한 결정이기도 합니다."

"나를 위한 결정? 어째서죠?"

"황제들의 요리와 리에브르, 풍후한 노른자의 계란튀김, 거친 야생의 맛 지비에… 회장님이 매료된 그 요리들 말입니다. 이따금 먹으면 천하일미가 되지만 일상식이 되면 그렇지 않습니다. 게다가 제가 손 닿는 곳에 있어 언제든 먹을 수 있다면 회장님의 기대감도 사라지지요. 그것은 곧 회장님에게 있어 불행이 아닐 수 없습니다."

"……?"

"특별한 일을 루틴으로 만들어 버리는 것, 그건 행복이 아니라 불행이라고 생각합니다. 그러니 그 마음으로 저를 기억하셨다가 요리를 드시게 된다면, 언제나 행복하게 드실 수 있을 겁니다. 매번의 만족, 그건 제가 약속드리죠. 안드레아가 그랬던 것처럼."

안드레아처럼.

윤기의 방점이 거기에 찍혔다.

"안드레아처럼?"

"회장님에게 더 반가운 소식은……."

"……?"

"저는 안드레아처럼 빌런도 아니고 요리에의 맹신과 충성도 바라지 않으며, 돌발사고로 목숨을 버리는 일도 없을 거라는 겁니다."

"……."

"그럼 다음에 또 뵙기를 희망하고, 오늘 승부에 저를 선택해 주셔서 감사했습니다."

윤기의 마무리였다.

"셰프."

"더 하실 말씀이 있을까요?"

"이 요리비는?"

"제 요리를 좋아해 주신 데 대한 보답이니 그냥 가셔도 됩니다. 어차피 주최 측에서 준비한 재료였고, 저는 작은 수고를 더 했을 뿐이니까요."

우아한 매너로 인사를 마친 윤기, 그대로 돌아서 주방을 나섰다. 장막처럼 묵직하게 멀어지는 윤기. 페드로는 그 모습에서 눈을 떼지 못했다. 그건 영락없이 안드레아의 뒷모습이었다. 잔뜩 굳어 버린 페드로였지만 얼굴의 표정근이 점차 펴지기 시작했다.

천하일미의 일상식.

이해가 갔다. 무엇이든 손에 들어오면 평범한 게 되어 버린다. 그의 사업들도 그랬다. 새 분야에 진출하고, 그토록 꿈꾸던 기업 사냥에 성공하고, 기록적인 헤지펀드의 성취감도 하루나 이틀 정도면 내려앉았다. 그가 품은 미녀들도 그랬다. 처음에는 안달이 나지만 요트나 별장에서 3일만 뒹굴면 평범해지는 게 미녀들이었다.

"멋지군."

윤기에게 던지는 마음이었다. 더 멋진 건 윤기가 무사하다는 것. 안드레아처럼 닿을 수 없는 사람이 아니었으니 페드로가 꿈꾸는 식사는 언제든 사정권이었다.

멕시코에서 서울.

문제 될 것도 없었다. 자가용 비행기만 해도 네 대였다. 한국에서 벌이는 투자 사업도 있었으니 더욱 그랬다.

“멋진 셰프에게는 그만한 대우를 해야지.”

페드로가 노트북을 앞으로 당겼다. 오늘 페드로가 득템한 비트코인 300개. 윤기에게 공식 배정된 건 3개였다. 페드로는 주저도 없이 입력을 마쳤다. 그제야 비로소 안심이 되었다. 윤기에게 향하는 전용 통로라도 건설한 것처럼.

“송 셰프.”

작은 바에서 이상백이 손을 흔들었다. 아까 보았던 두 취재기자와 함께였다.

“축하합니다.”

베르나르와 알버트가 기립한 채 윤기를 맞았다.

“불어에 영어, 중국어까지 능통하다면서요?”

알버트가 영어로 물었다.

“불어와 중국어는 그렇지만 영어는 겨우 이해하는 정도입니다.”

윤기가 답했다.

“겸손하시긴… 그렇다면 베르나르, 오늘 언어는 영어가 어떻습니까? 여기 이상백 기자가 불어 초보자라니.”

“그러죠.”

제의를 받은 베르나르가 흔쾌하게 답했다.

“궁금한 게 많은데 우선 요리는 어디서 배운 겁니까?”

베르나르가 포문을 이어받았다.

“안드레아 셰프요.”

"이 기자에게 얘기 들었습니다만 안드레아와 셰프는 교차점이 없어요. 당신 나이로 보나 안드레아가 죽은 직후에 태어났거든요."

"스승이라는 게 꼭 한 공간에 있어야 되는 건 아니지 않습니까?"

"그건 인정하지만 요리라는 게 워낙 전수의 의미가 강해서요."

"공감은 어떻습니까? 안드레아 셰프의 요리 코드가 저하고 맞았다면?"

"부정할 수 없는 말이로군요."

"이제 내 차례인가요?"

베르나르가 한숨 죽이자 알버트가 나섰다.

"나는 속물이라 페드로의 코인이 더 궁금합니다. 원래 딜 총액의 1%인 건 알고 있는데 새로운 요리를 원했죠?"

"그렇습니다."

"왜랍니까? 아까 요리는 분명 남겼었는데."

"그분의 프라이버시와 관계되는 일이라……."

"절대 함구할 테니 알려 주세요. 궁금해서 죽겠습니다."

"으음……."

"셰프님, 저희가 명예를 걸고 약속합니다."

"정 그러시다면… 따님 때문이더군요. 페드로 회장님이 맛에 취하면 걸신들린 것처럼 폭풍 흡입을 하는데 어린 딸이 그걸 싫어한대요. 그런데 장소가 장소니만치 여러분들이 카메라를 들이대고 있어서……."

"오, 그 덩치, 그 재산에 딸바보?"

"사랑하는 사람들에게 멋지게 보이고 싶은 것, 모든 사람의 로

망이 아닐까요?"

"일단 공감. 그럼 다시 주문한 요리도 순록의 밀푀유였습니까?"

"일단은 그랬죠."

"다른 게 또 있군요?"

"리에브르 루아얄과 스페셜한 플라이드 에그, 그리고 야자나무의 술 토디를 만들어 드렸습니다."

"잠깐만요. 순록 밀푀유에 리에브르 루아얄, 그리고 에그까지요?"

"그렇습니다."

"그 정도 양이라면 셰프 요리에 중독되었다는 뜻인데?"

"굉장히 좋아하신 건 사실입니다."

"잠깐만요, 리에브르 루아얄, 그 왕궁과 귀족들이 즐기던 그 토끼요리 말입니까?"

베르나르가 대화를 막아섰다.

"물론이죠."

"송 셰프, 당신, 정말 고대부터 현대까지, 황제들의 요리와 스타들의 요리를 다 할 줄 아는 겁니까?"

"물론입니다."

"안드레아 셰프처럼?"

"근본은 그렇지만 제 색깔이 없는 것은 아니죠."

"당신 요리를 좀 더 볼 수 없을까요? 의심이 아니라 희망입니다. 아까 종신 심사 위원들, 굉장히 까다로운 미식가들이거든요. 후원으로 나선 VIP들도 마찬가지였고. 게다가 안드레아 셰프의 요리 재현이 가능하다니 참을 수가 없군요. 저도 실은 안드레아 셰프에 대해 잘 알고 있거든요."

"어떻게 말이죠?"

윤기의 호기심이 발동했다.

"사무엘 대선배님, 우리 신문사 편집국장에 이어 부사장을 역임하신 분이세요. 그분이 안드레아 셰프의 추종자였습니다."

"사무엘 기자님?"

윤기가 소스라쳤다. 바로 그 사람이었다. 당대 최고의 셰프였던 끌로드에게 안드레아를 이어 준 기자…….

"송 셰프가 사무엘을 아십니까?"

"……."

고무되던 윤기가 표정을 고쳤다.

[안드레아가 아는 사람을 네가 아느냐?]

이제는 익숙해진 질문.

알지.

너무나 잘.

하지만 여전히 대답할 수 없었다.

"솔직히 저는 안드레아 셰프에 대해 부정적입니다. 그에 대한 기사를 다 읽어 봤거든요. 대선배 사무엘도 인정을 하더군요. 안드레아 셰프가 오만하고 이기적인 것은 사실이었다고. 그러나 요리 천재였으니 괴팍하고 군림하려는 자세 정도는 천재의 특성으로 이해해야 한다고요. 요리도 인류의 자산인데 그런 측면에서 보면 상쇄가 되고도 남는다나요."

"……."

"세뇌에 가까운 추종이라고 생각했지만 오늘 그 선입견에 금이 갔습니다. 종신 심사 위원들이 이견 없이 만장일치를 이룬 건 처음이거든요. 게다가 단문창 셰프처럼 엄청난 대가와 붙은 이벤트였는데……."

"셰프의 요리를 더 보고 싶은 건 저도 같은 생각입니다. 이 기자님 얘기를 듣자니 내일 저녁 때 돌아가신다고요?"

이번에는 알버트였다.

"예."

"베르나르, 마음은 이해하지만 자꾸 끼어들면 곤란해요. 내 질문 아직 안 끝났거든요."

베르나르에게 한마디 한 알버트가 말을 이어 갔다.

"이제 다시 속물로 돌아갑니다. 맛도 돈이잖아요? 공감합니까?"

"당연히 공감합니다. 좋은 요리에는 좋은 재료가 들어가는데 그것부터가 돈이니까요."

"이야, 우리 살 통하는네요?"

알버트가 이상백을 바라보았다. 분위기는 점점 더 좋아지고 있었다.

"현금 베팅을 할 때는 1%로 알고 있는데 지난번부터는 비트코인이라고 들었어요. 그때 위너는 기분이 좋아 1개 줄 것을 3개로 입금시켰다고 하더군요. 절대 보도하지 않을 테니 귀띔 좀 안 될까요?"

"잠깐만요."

윤기가 핸드폰을 열었다. 싱가포르로 오기 전에 다비드 편에 건네준 입금 계좌가 있었다.

"비트코인 10개?"

계좌를 확인한 윤기가 고개를 들었다.

"와우, 원더풀."

알버트가 주먹을 움켜쥐며 환호했다. 그때까지는 팩트를 모르던 윤기. 이상백의 말에 정신이 번쩍 들었다.

"현 시세가 대략 8,000만 원이니 8억을 꽂은 거네? 과연 멕시코 최고의 재벌다운 배포인데요?"

"얼마라고요? 8억?"

윤기가 되물었다.

"그래요. 코인 시세야 왔다 갔다 하지만 어제오늘 시세는 그 정도 맞아요."

"……?"

"이야, 페드로 회장이 제대로 반했군요. 2개도 아니고 10개라니."

알버트의 흥분 또한 쉽게 가라앉지 않았다.

"주최 측의 상금에 VIP의 특별 상금, 우리 송 셰프께서 한턱 제대로 쏴야겠어요?"

이상백의 목소리도 높아졌다.

"그러니까요. 기왕이면 셰프의 요리면 더 좋죠."

베르나르가 가세한다.

"마음 같아서는 아까 그 주방으로 가서 원하시는 요리를 해 드리고 싶은데 제 주방이 아니라서……."

"셰프, 주방만 해결되면 안드레아의 요리를 하시는 겁니까?"

베르나르가 물고 늘어졌다.

"그렇다면야 문제없죠."

"잠깐만 기다리세요. 제가 가스파르를 잘 아니 허락을 받아 보겠습니다."

베르나르가 핸드폰을 집어 들었다.

"와우."

통화를 마친 그가 포효했다. 허락이 떨어진 모양이었다.

"된답니까?"

이상백이 물었다.

"그렇다네요. 그런데 옵션이 붙었어요."

"옵션?"

"그분들도 끼워 달라는데요? 가스파르와 다비드, 그리고 스잔느 정도."

"송 셰프."

옵션을 들은 알버트와 이상백에 윤기를 돌아보았다.

"3인분이나 6인분이나 별 상관 없습니다."

윤기가 수락하자 베르나르의 환호가 더 높아졌다.

"와우."

제9장

인맥 확장

[오리 파르망티에]

[레드와인 소스의 포치드 에그]

[콩소메 테린]

윤기가 정한 오더였다. 거기에 한 가지를 더 하기로 했다. 홍일점 스잔느를 위한 스페셜이었다.

[뵈프 아 라 퀴예르]

간단히 말해 소고기 스튜였다.

흔한 메뉴지만 위의 메뉴들처럼 스페셜한 배경을 가지고 있었다. 바로 심플하고 우아한 디자인의 창조자이자 명품 디자이너의 대명사 '위베르 드 지방시'가 즐겨 먹던 요리였다.

이 스튜에는 짝꿍이 있었으니 삶아서 으깬 감자 '매시드 포테이토'였다. 그의 디자인 취향처럼 심플하면서도 심오하고 우아한 궁합이 아닐 수 없었다.

언뜻 보기에 간단한 이 요리, 의외로 시간이 오래 걸린다. 고전 레시피에 따르면 무려 15시간이 소요된다. 숙성 시간 때문이다. 진공 마리네이드와 수비드 기법으로 시간을 확 줄일까 생각하다가 고전 요리법을 준수하기로 했다.

오리 파르망티에와 포치드 에그, 콩소메 테린은 '가스파르'를 위한 메뉴였다. 그는 문학을 좋아한다. 빅토르 위고를 특히 존경했다. 이 정보는 에르베에게 들은 바 있었다. 다비드도 그렇게 말했다. 다비드의 추천을 흔쾌히 받아들인 쾌남아. 그를 위한 메뉴로 조찬을 꾸미는 건 당연했다.

테린 준비부터 했다. 파르망티에와 포치드 에그 조리에는 많은 시간이 걸리지 않는다. 파르망티에에 들어갈 버섯은 Oronge로 정했다. 이 이름은 오렌지에서 왔다. 하얀 막 같은 걸 벗겨 내면 찬란한 오렌지 빛깔을 내는 버섯이었다. 기타 식재료를 선별하는 것으로 요리 준비를 마쳤다.

딸깍.

조리복을 벗어 두고 문을 닫은 후에 복도로 나왔다.

"송 셰프님."

엘리베이터를 타려는 순간, 누군가 윤기를 불렀다. 로비의 커피숍에서 차를 마시는 두 사람, 단문창과 라파엘로였다. 그렇잖아도 궁금하던 두 사람, 합류하지 않을 수 없었다.

"방에 갔더니 없길래 단 셰프님 모시고 차를 마시고 있었습니다."

라파엘로가 윤기 차를 가져왔다.

"고맙습니다."

"내가 고맙죠. 송 셰프가 없으니 통역에 애로가……."

불어의 라파엘로가 단문창을 돌아보았다.

"우리야 마음으로 통하지 않습니까?"

윤기도 불어였다.

"으음, 이럴 줄 알았으면 불어를 배워 둘 걸 그랬나?"

중국어의 단문창이 웃는다.

"우리 송 셰프 이야기 하고 있었어요."

"저요?"

"단 셰프께서 궁금한 게 많으시더군요. 그런데 제가 중국어를 잘 몰라서……."

"뭐가 궁금하신가요?"

라파엘로의 말을 들은 윤기가 단문창에게 중국어를 건넸다.

"심사 위원들의 말이 궁금합니다. 나중에 통역에게 물었지만 요리에 대해서는 깊이 이해하지 못하고 있기에……."

"오늘 요리 말씀이군요?"

"예, 우리가 미리 얘기한 대로 되었죠? 송 셰프가 오는 줄 알면 포기할 걸 그랬다고."

"과찬이십니다."

"아닙니다. 장 여사 말이에요, 다른 능력도 그렇지만 맛의 해석은 독보적이거든요. 그분이 좋다고 하면 좋은 겁니다. 우리 중국에서는 그래요."

"……."

장 여사, 이제 보니 윤기가 생각하는 상류층 이상의 인물인 모양이었다.

"토마토 밀푀유… 환상이었어요. 서양인들이 좋아하는 토마토 안에 밀푀유 성을 지을 줄은 몰랐습니다. 게다가 거기 쓴 랍스터와 새우는 우리를 고려한 선택이었다죠?"

"부인하지는 않겠습니다."

"순록은요? 이제 보니 당신은 그 또한 우리에게 선공을 양보한 것 같습니다. 처음에 생밤 써는 것을 보고는 잘못 골랐다고 생각했는데 그럴 리가 없는 실력이더군요."

"그럴 주제까지는 되지 못합니다."

"육수는요? 통역의 말이 도미를 넣었다는 말이 있던데?"

"맞습니다."

"그 얘기 듣고 뜨악했어요. 육류의 소스에 바다의 생선이라니… 내가 평생 가 보지 않은 길이었거든요."

"참신성이란 다른 각도로 보면 무모함에 지나지 않지요. 심사위원들이 높게 평가해 준 덕분입니다."

"그 양반들, 굉장히 깐깐하던데 그럴 리가 있나요? 우리 손녀 말이 노래는 K—팝이 최고라더니 요리도 만만치 않군요."

"칭찬해 주시니 고맙습니다."

"진심입니다. 솔직히 나는 한국의 요리 같은 거 별로 의식하지 않았거든요."

"……."

"결정적인 이유를 말해 드릴까요?"

"어떤?"

"VIP 페드로 회장의 순록 밀푀유."

"……?"

"내가 늙어서 실수한 게 아니라면 그 사람 접시만 살짝 다른 향이 느껴지더군요. 셰프가 실수할 리 없으니 그 또한 의도된 거였죠?"

"아셨습니까?"

"취향 저격?"

"예… 그분 취향이 독특해 보이길래……."

"대단하군요. 나도 체형으로 식성 파악을 하기는 합니다만 송 셰프 것은 더 디테일한 느낌이었습니다."

"셰프님도 페드로에게 신맛을 강화하셨군요?"

"흉내는 냈죠. 당신 요리 향을 보고 알았습니다. 오늘의 승자는 당신이 될 거라는 거."

"……."

"작은 몸짓은 큰 몸짓에 속하니 내 요리는 결국 당신 요리의 미각을 돋구는 역할이 되었던 거죠. 의도하지 않았으면 내 잘못이고, 의도했다면 내가 이길 수 없는 사람입니다."

"……?"

윤기 눈동자가 출렁거렸다. 단문창, 역시 엄청난 수준이었다.

"그래도 기분은 좋습니다. 나라는 다르지만 다들 내 후배들. 내 젊은 날보다 수준이 높으니 요리의 미래가 밝지 않습니까?"

"고맙습니다."

"장 여사님 말이 중국요리 실력도 탁월하다고 그래요?"

"흉내는 조금 냅니다."

"중국요리는 누구를 멘토로 삼았습니까?"

"조금 먼 곳의 셰프십니다. 역아라고……."

"역아?"

"아십니까?"

"왜 모르겠소? 요리를 위해 자식까지 희생시킨 사람. 황권에 눈이 멀어 자신을 망쳤지만 맹자께서 극찬한 단 한 사람의 요리사를."

"……."

"뜻밖이군요. 역아의 요리는 위대했지만 전해지는 레시피가 별로 없을 텐데?"

"중국의 요리서를 더듬고 더듬어서 겨우겨우 흉내를 내고 있습니다."

"오라, 그래서 중국어에 이토록 능통하시군? 하긴 나보다 잘하는 중국어 실력이니 인정할 수밖에."

단문창은 차로 입술을 적셨다. 이후로는 역아에 대한 이야기가 화제였다.

"오."

"저런."

"맙소사."

윤기의 중국 레시피가 나올 때마다 단문창이 자지러졌다. 중국요리에 대한 윤기의 관점은 너무나 정확했다. 단문창조차도 수준을 쫓아가기 어려울 지경이었다.

"이건 마치 역아의 환생을 만난 기분이군요."

단문창이 혀를 내둘렀다.

"장 여사님 말이 송야쉔 님과 함께 중국 초빙 계획이 있다던데 사실입니까?"

"제의만 받았습니다."

"두 분 다 허튼소리 할 사람들이 아니니 분명 부를 겁니다. 그때라도 다시 봤으면 좋겠군요."

"그게 아니더라도 제가 한번 찾아뵙겠습니다."

"그래 주세요. 당신이라면 식당 문을 닫아걸고라도 만나야겠습니다."

단문창은 진심으로 보였다. 엄청난 실력을 가지고 있으면서도 겸허한 사람. 그가 경영하는 식당의 요리가 궁금해지지 않을 수 없었다.

라파엘로는 안드레아에게 관심이 있었다. 심사 이후에 여기저기서 정보를 취합해 본 눈치다.

"요리만큼이나 멘토들도 독특하군요."

라파엘로가 웃었다.

"네?"

"중국의 역아와 프랑스의 안드레아 셰프… 둘 다 희대의 요리 천재지만 성격 또한 희대의 빌런으로 나와요."

"……."

"보통 사람들 같으면 멀리했을 것 같은데 거기서 요리의 세계를 탐독했다… 그래서 그렇게 막강하고 독특한 건가요?"

"그렇게 되나요?"

"하긴 요리도 경쟁력이 필요하죠. 그런 관점에서 보면 멋진 선택일 수 있네요. 평범한 셰프들에게 배운 것보다 말입니다."

"……."

"그 나이에 나는 감자도 제대로 못 깎고 있었는데……."

라파엘로가 괜한 엄살을 떨었다.

—나도요.

그랑 서울에서 윤기도 그랬다. 라파엘로가 공감하지 않을 것 같아 입 밖에 내지 않았다.

"나중에 레스토랑 개업하면 꼭 연락하세요. 어떻게든 꼭 찾아 갈게요."

라파엘로도 호의적이다. 알고 보니 그는 모스크바에서 개업을 하고 있었다. 미슐랭의 별은 없었다. 그 역시 모스크바의 VIP들만 상대하기 때문이었다.

[별 둘]

윤기가 평가한 그의 실력이었다. 적어도 그 정도는 되었다.

자정 직전에야 헤어졌다. 같은 길을 가는 사람들, 밤을 새우고 싶었지만 단문창은 컨디션 관리를 원했다. 중국으로 돌아가는 즉시 요리를 해야 하기 때문이었다.

그 아쉬움을 채워 준 건 핸드폰이었다.

카톡부터 폭탄 문자에 부재중전화의 번호가 별처럼 반짝거렸다. 어머니 것을 시작으로 설 대표에 에르베와 경모, 창혁, 진규태, 조리부장, 주희의 것까지 셀 수도 없었다.

아니다.

이제 보니 여먹4총사의 것도 있고 김혜주에다 장대방의 것도 있었다.

'다들 어떻게 안 거야?'

공적으로 온 것이니 설 대표에게 먼저 전화를 걸었다. 시차 덕분에 한국은 아직 11시가 되기 전이었다.

—송 셰프.

"대표님, 좀 늦었습니다. 전화하셨었네요?"

—했지.

"결과 말씀입니까?"

특별셰프전 결과에 대한 통지를 하지 못했다. 순전히 핑계지만 시간이 없었다. 승자가 된 이후에 페드로를 접대했고 이후에 바로 기자들을 만났다. 그들의 제의를 받아 내일 조식을 준비하고 두 셰프까지 만나느라 이제야 돌아오지 않았던가?

"……."

설 대표가 말을 아낀다. 대회는 낮에 열렸다. 그런데 늦은 밤까지 연락이 없다? 설 대표의 경험에 비추어 보면 탈락이 되는 것이다.

"실은 축하 인사를 받느라고요."

—축하 인사? 그럼?

"네, 아슬아슬했지만 제가 위너가 되었습니다."

—와우, 와우.

수화기 건너에서 설 대표의 쾌재 소리가 들려왔다. 생각보다 더 애를 태우고 있었던 모양이었다.

—축하하네. 그럴 줄 알았어.

"감사합니다."

—그래, 출제 요리는 뭐였나?

"지비에와 전채였습니다."

—지비에? 사냥 동물?

"순록이 나왔더군요."

—그래, 어떤 레시피로 만들었나?

"여러 부위의 살을 포로 떠서 밀푀유를 만들었습니다. 다양한 부위의 맛이 어우러진 게 좋은 점수를 받은 것 같습니다."

—말은 그렇게 해도 굉장한 과정을 거쳤겠지? 내가 그걸 봤어야 하는 건데…….

"이상백 기자가 취재했으니 사진이나 영상을 보실 수 있을 겁니다. 아니면 뉴욕타임즈나 르 몽드에서……."

—거기 기자들도 왔었나?

"예."

—송 셰프가 우승이면 그쪽에서도 추가 취재를 했겠군?

"조금 전까지 취재당하고 돌아왔습니다."

—어이쿠, 그럼 쉬지 않고.

"아닙니다. 그래서 연락을 못 드렸으니 양해 바랍니다."

—나야 궁금해서 해 본 것뿐이네. 보스키 도르 최종전 진출을 축하하네.

"감사합니다."

—그럼 그 소식을 홍보해도 되겠나? 다 빈치 이벤트와 함께

말이야.

"좋으실 대로 하십시오."

—수고 많았네.

"리폼 룸은 별일 없었겠죠?"

—딱 한 손님을 제외하고는 그랬네.

"딱 한 분요?"

—LGY 스테이크 말일세. 에르베 셰프가 주관했는데도 맛의 차이를 아는 손님이 있었다더군. 스테이크를 바꿔 달라고 해서 이유를 물어봤더니 풍미가 약하다고 했다는 거야.

"대단한 미각인데요?"

—그래서 에르베 셰프가 컴파운드 소스 주입량을 늘려서 가져다주었다고 들었네.

"넘어가던가요?"

—그래도 만족하지 못해서 결국 돈을 받지 않았다고 보고 받았네.

"괜한 트집을 잡는 진상이 아니었다면 굉장한 수준이네요."

—아무튼 푹 쉬고, 시간 되면 관광도 좀 하고 모레 보세나.

"알겠습니다."

통화를 끝내고 어머니 번호를 눌렀다. 어머니의 반응도 설 대표와 같았다. 차마 조심스러워 직접적으로 묻지 못하는 눈치였다.

"엄마."

—송 셰프…….

"어쩌지?"

—떨어졌어?

"아니."

—응?

"나 말고 상대 셰프들 말이야. 엄마보다 더 나이 먹은 분도 계셨는데 내가 떨어뜨려 버렸어."

—아악.

어머니의 환호는 비명이었다.

윤기는 알고 있다. 조리과학고를 다니는 동안 윤기는 상을 많이 받았다. 교내 요리 골든벨도 두 번이나 울렸다. 그러나 모두 이론이었다. 실기 요리에서는 단 한 번도 상을 받지 못한 윤기였었다. 그러니 어머니가 감격할 수밖에.

—진짜지? 네가 보드카… 그 뭐야, 하여간 세계 최고 요리사 몇 명만 나가는 그 본선에 나가게 된 거지?

"당연하지. 누구 아들인데."

묻고 또 묻더니 결국 자지러진다.

—아이고, 윤기 아빠.

쾌거는 윤기가 올렸는데 있지도 않은 아버지를 찾으시다니.

우리 어머니 참…….

—애썼다. 우리 아들, 진짜 애썼어.

"내 목걸이는?"

어머니 감정이 격해지니 화제를 돌려 버렸다.

—하고 있어.

"진짜지?"

—그럼, 사모님이 굉장히 부러워하던걸?

"한국 도착하면 바로 확인할 거야. 알았지?"

—알았으니까 너도 잘 쉬었다가 와.

어머니 당부를 끝내고 세 번째 번호를 눌렀다. 김혜주였다.

—축하해요. 안 그래도 궁금해서 잠이 안 오던 참이었는데…….

"신경 써 주셔서 감사합니다."

다음은 주희와 창혁이었다. 문자만 보내고 말까 하다가 차례로 걸어 버렸다. 왠지 윤기 걱정을 많이 할 것 같은 까닭이었다.

—셰프님, 너무너무 축하해요.

둘의 함성이 싱가포르까지 날아올 기세였다. 이 밤은 축하 인사와 함께 새록새록 깊어 갔다.

보글보글.

소고기 스튜가 맛나게 익어 갔다. 소고기는 큐빅 모양으로 썰어 숯불 시어링을 했다. 포치드 에그를 위한 소스도 완성을 향해 달려간다. 그사이에 오리고기 파르망티에에 돌입했다. 6인분이므로 오리 다리가 많이 필요했다. 익힌 오리 다리 살을 결대로 뜯었다. 이게 중요하다. 결을 따라 맛이 깃들기 때문이다.

소스가 따로 필요한 요리라 오리 뼈를 발라 맞춤하게 구웠다. 샬롯과 마늘을 넣고 열을 가하면 액즙이 생긴다. 팬 바닥에 붙은 기름을 정리하고 레드와인을 부었다.

'디글레이징 끝내주고.'

휘파람이 절로 나온다. 이 과정이 중요하다. 원하는 색상이 나오자 따로 준비한 육수와 레드 페퍼, 타임을 넣고 불을 낮췄다.

삶아 나온 감자가 윤기를 기다린다.

지상에서 감자 껍질을 가장 빠르게 까는 방법.

윤기가 모를 리 없다. 생감자의 허리에 둥글게 칼집을 내면 끝이다. 삶아 낸 후에 양쪽에서 부드럽게 당기면 마치 옷을 벗듯 감자 껍질이 빠진다. 잘 익었는지의 확인을 위해 찔러 볼 필요는 없다. 푸근한 냄새만으로도 상태를 알 수 있기 때문이었다.

감자는 나무 주걱으로 곱게 으깼다. 마무리는 구운 소금과 흰 후추에게 맡겼다.

네 가지 요리가 자신들의 향미를 내기 시작했다. 소고기 스튜가 피아노라면 오리 파르망티에는 바이올린이다. 둘의 음색 속으로 비올라가 파고든다. 셋은 3중주처럼 각자의 음색을 내지만 다투지 않는다. 그게 셰프의 역할이다.

이 주방에서는 윤기가 그 역을 맡는다. 개성을 살리기 위해 일부러, 세 맛을 다른 방향으로 연출할 수도 있다. 파격적이고 실험적인 맛을 좋아하는 미식가라면 그렇게 가는 게 옳았다.

오늘은 아니었다. 다섯 맛의 기본 위에서 오직 한 가지만을 살짝 강조하기도 했다. 빅토르 위고가 사랑한 바로 그 맛.

'제대로 되고 있나요?'

윤기가 요리에게 속삭였다. 혼자 하는 요리지만 빅토르 위고가 지켜보는 기분이었다.

이 자리는 어쩌면 빅토르 위고를 위한 아침 테이블이기도 했다. 여섯 VIP들은 빅토르 위고와의 조찬 시간을 갖는 것이다.

진짜 그렇다면.

그 가치는 얼마나 될까?

유명 인사와의 식사 한 끼에 수천만 원을 내는 사람도 있다. 빅토르 위고라면 돈으로도 따질 수 없는 사람이다. 이게 바로 역사 속 황제나 위인들이 즐기던 요리의 매력이었다.

오전 10시 5분 전.

이상백이 내려왔다.

"송 셰프. 굿 모닝?"

"푹 쉬셨어요?"

"좀 달렸더니… 이야, 흠흠, 이 냄새… 죽이네?"

바로 코를 벌름거린다. 맛있는 냄새는 참을 수 없는 창조된 게 인간이었다.

"조금만 기다리시면 됩니다."

"나야 입만 가지고 오면 되지만 송 셰프는… 진짜 미안한데요?"

"별말씀을, 셰프의 기쁨이랍니다."

"알버트와 베르나르는 곧 도착한다네요."

이상백이 핸드폰을 체크할 때 주방 문을 노크하는 소리가 들렸다. 다비드 박사의 등장이었다.

"와우, 냄새부터 미각을 압도하는군요?"

그도 코를 벌름거렸다. 그 코에 먼저 작용한 건 소고기 굽는 냄새였다. 그 뒤로 오리고기 향미가 꼬리를 따라간다. 조금 빈 자리는 소스의 향미 차지다. 숨 쉴 때마다 맛난 향미들이 살짝 살짝 맛의 결을 바꾸며 들이치니 입맛이 당기지 않을 수 없었다.

꿀꺽.

군침은 체면도 가리지 않는다.

"소고기와 오리고기 냄새 맞죠?"

"소고기 스튜와 오리고기 파르망티에에 콩소메 테린을 준비했습니다. 간단한 계란요리 하나를 곁들여서요."

"간단한 게 아닌 것 같은데? 어? 잠깐만요."

그사이에 전화가 걸려 왔다. 다비드가 전화를 받았다.

"가스파르예요. 스잔느와 함께 도착했답니다."

다비드의 전달이었다. 윤기도 곧 마감 태세로 돌입했다. 시간을 맞추는 것, 그 또한 셰프의 미덕 중의 하나였다.

"무명에다 나이도 어린 제게 자신의 프라이드를 걸어 주신 가스파르 님에게 보답하는 요리입니다. 홍일점으로 스잔느 여사님이 오신다기에 특별한 요리 하나를 더 준비해 보았습니다."

서버의 도움으로 테이블 세팅을 마친 윤기가 덮개를 열어 놓았다. 여섯 명의 눈동자가 일제히 요리로 향했다.

[오리 파르망티에]

[레드와인 소스의 포치드 에그]

[소고기 스튜 뵈프 아 라 퀴예르]

[콩소메 테린]

[스위트한 레드 와인]

테이블 차림이었다. 화려하지 않음에도 비범하지 않았으니 각각의 접시마다 플레이팅이 단아하고 수려했기 때문이었다.

"와우."

알버트가 먼저 감탄사를 토했다.

"어쩜."

스잔느가 그 뒤를 이었다. 황금빛으로 글레이징된 오리고기. 그 위에 뿌려진 황금빛 야생 버섯은 마치 행운의 금맥처럼 보였다. 마무리는 감자 퓌레가 맡았다. 오리 파르망티에의 위엄이었다. 맨 위에 올라앉은 타임 한 줄기는 왜 또 그렇게 신선해 보일까? 샬롯과 레드와인으로 색을 낸 소스는 혀를 꿈틀거리게 할 지경이었다.

더 강력한 압권은 '뵈프 아 라 퀴에르'였다. 이 요리는 백화가 만발한 꽃밭처럼 보였고 곱게 으깨 놓은 감자는 차라리 치즈의 자태에 다르지 않았다.

"송 셰프."

가스파르가 윤기를 바라보았다.

"예."

"보답은 탁월한 실력으로 이미 갚았는데 요리까지… 그런데 이 요리, 정말 범상치 않군요. 기시감이 있어요."

"있죠."

옆에 있던 다비드가 빙그레 웃었다. 그는 이미 경험을 한 모양이었다.

흠흠, 잠시 숨을 고른 윤기가 설명에 나섰다. 궁금해하는 건 말해 주는 게 옳다. 셰프의 매너였다.

"가스파르 님께서 빅토르 위고를 흠모하신다기에 그의 식탁을 소환해 보았습니다. 대식가였던 빅토르 위고는 콩소메 테린과 오리고기 파르망티에, 레드와인 소스 포치드 에그를 즐겨 먹었기에 정성껏 준비해 보았습니다."

"아아, 빅토르 위고… 그러고 보니 생각이 나는군요. 다비드 박사께서 보여 주었던 자료들……."

가스파르가 흥분 모드로 들어갔다. 요리의 마법이다. 같은 요리라도 스토리를 입히면 더 가치가 있어 보인다. 하물며 자신이 좋아하는 위인이나 현인이 즐겨 먹던 요리라면?

"그리고 여사님."

윤기의 시선이 스잔느에게 향했다.

"이 소고기 스튜도 조금은 특별합니다. '위베르 드 지방시'가 가장 사랑하던 요리거든요. 그분은 이 요리에 질리지도 않았고 매시드 포테이토와 함께 드시는 걸 좋아했다고 하더군요. 여사님이 패션 전문가라기에 분위기를 맞춰 보았으니 마음에 들기를 바랍니다."

"맙소사, 지금 뭐라고 했어요? 지방시?"

"예."

"와우, 지방시가 즐겨 먹던 스튜가 바로 이거란 말이죠? 가스파르 님 덕분에 제 위가 호강을 하게 되네요."

스잔느의 고마움은 가스파르에게도 전달되었다.

"와인은 달달한 레드로 준비를 했습니다. 이 와인은 바닐라에 토스트 향이 나며 전체적으로 스위티합니다. 레이블은 없지만 아마도 산 페르도로 보이는데 단것을 좋아하던 빅토르 위고의 미각에 맞춰 골랐음을 알려 드립니다."

"잠깐만요."

식사가 개시되려는 순간 베르나르가 좌중을 정지시켰다.

"뭐죠?"

이상백이 물었다.

"방금 생각이 났어요. 내가 이 요리를 어디서 봤는지."

"봤다고요?"

좌중이 베르나르를 바라보았다.

"잠깐만, 아주 잠깐만요."

요리 사진을 찍은 그가 전송을 시작했다. 오래지 않아 다른 사진 몇 장이 돌아왔다.

"보세요, 여러분. 바로 이 사진이잖아요?"

베르나르가 화면을 내밀었다. 놀랍게도 윤기의 요리와 같은 사진이 몇 장 들어 있었다. 촬영 일자는 2000년 이전이었다.

"……?"

모두의 눈이 휘둥그레진다. 우연의 일치, 그것만 해도 신기한데 그 내력은 더 신기했다.

"제 멘토이신 사무엘 님께서 안드레아 셰프를 취재할 때 찍은 사진이랍니다. 오리고기와 퓌레 사이에 들어간 버섯 색깔 좀 보세요. 접시만 빼고 똑같지 않습니까?"

베르나르는 흥분을 감추지 못했다. 정말 그랬다. 심지어는 파르망티에에 올라간 타임 한 줄기의 크기와 포치드 에그에 들어간 당근 퓌레의 텍스처까지 일치했다.

"이 요리는 당시 빅토르 위고 재단의 고문을 맡았던 분께서 보증까지 할 정도로 빅토르 위고가 즐기던 요리와 닮았고 맛도 비슷했다고 하더군요. 그 맛의 중심은 달달함이라니 맛만 확인되면 완벽한 재현이 아니겠습니까?"

"시식해 보시죠."

윤기가 가스파르의 접시를 가리켰다. 가스파르가 파르망티에를 포크로 찍었다.

"흐음……."

기분 좋은 신음과 함께 인중이 터져 나왔다.

"틀림없이 달달합니다."

"와우."

모두의 시선이 윤기에게 향했다.

짝짝.

뜨거운 박수가 이어졌음은 물론이었다.

윤기가 와인을 따르자 식사가 시작되었다. 윤기까지 합석이었다.

"어머……."

포치드 에그에 먼저 스푼을 대던 스잔느가 움찔거렸다. 수란이 벌어지면서 노른자를 쏟아 낸 것이다. 담홍의 소스 사이에서 터졌으니 액체 황금이 따로 없었다.

"요리가 아니라 예술 영상을 보는 것 같아요. 이 그림은 정말 패션보다도 아름답네요."

스잔느는 색감에 취해 버렸다. 그사이에 소스와 어우러진 향미가 후각으로 스며들었다.

"스잔느."

윤기가 그녀를 호명했다.
"네, 셰프."
"눈을 감고 첫맛을 음미해 보세요. 주제넘은 얘기일지 모르지만 가장 맛있는 건 눈을 감고 먹어야 한다는 말이 있거든요."
"눈을 감고?"
그녀의 시선이 바빠졌다. 어느 것 하나도 우열을 가리기 어려운 자태의 요리들. 그동안 다닌 미슐랭 별 식당의 수를 합치면 한 트럭도 넘을 스잔느였다. 그러나 어떤 셰프의 요리도 이토록 치명적이지는 않았다. 그녀는 지방시의 소고기 스튜를 선택했다. 시어링 흔적이 남아 있는 고기 한 점을 입안으로 넣었다.
"후아."
침샘이 바로 발작(?)을 한다. 감칠맛과 담백함에 아련한 단맛이 치고 올라온다. 씩씩하다. 그러면서도 천박하지 않은 단맛이었다. 가만히 음미하면 조금씩 더 달달해지니 마치 라스트 노트가 좋은 최상급 향수와도 같았다.
"셰프님."
"네?"
"제가 아침은 잘 먹지 않지만 오늘은 배가 터지도록 먹어야겠어요. 특히 이 지방시의 스튜 말이에요. 이걸 먹고 나면 불후의 디자인에 대한 영감이 마구 떠오를 것 같아서요."
"꼭 그러시기 바랍니다."
윤기의 답이었다.
스잔느는 식사 내내 눈을 감았다. 뜨는 시간은 오직 요리를 집을 때 뿐이었다. 특히 지방시의 소고기 스튜가 그랬다. 한 점한 점… 마치 요리 안에 품은 비밀의 문이라도 열려는 것만 같았다.

가스파르는 콩소메 테린과 파르망티에에서 그랬다. 눈은 더러 감았지만 입김을 뿜는 호흡은 매번 길었다. 가끔은 몸서리와 함께 이마를 짚기도 했다.

두 사람은 마침내 맛의 최면에 걸려 버렸다.

스잔느는 지방시를 만난 걸까?

가스파르는 빅토르 위고를?

*　　　　*　　　　*

―오 마이 갓, 오 마이 갓!

식사가 끝난 후의 통화에서 사무엘이 터뜨린 감탄이었다. 베르나르를 통해 그동안의 요리 이미지를 전송했더니 그걸 보고 뒤집어진 것이다.

―송윤기 셰프라고요?

사무엘의 목소리는 아예 전율이었다. 윤기에게도 울림이 전해 올 정도였다.

―어떻게 이런 일이… 차라리 안드레아의 아들이라면 몰라도…….

"……."

―보내 준 요리들 말입니다. 틀림없이 송 셰프의 작품이겠죠?

"예."

―기분 나빠 하지는 마시기 바랍니다. 가니쉬 하나까지 너무

안드레아를 닮아서…….

"괜찮습니다."

윤기는 가식이 아니었다. 사무엘이라면 뭐든 용서가 되었다. 그는 전생의 절친과도 같았기 때문이었다.

—이미지와 플레이팅은 빼다 박았으니 맛이 궁금하군요. 그 맛의 세계까지도 같다면…….

"죄송하지만."

윤기가 노기자의 말을 막았다.

"아마 같을 겁니다."

—같다고요?

"안드레아의 요리를 그대로 공부했으니까요."

—하지만 당신 나이는… 안드레아와 도무지 만날 수 없는…….

"혹시 안드레아의 요리 수련에 대해 들은 적이 있습니까?"

—그러고 보니?

사무엘의 목소리가 경직되기 시작했다. 안드레아도 그런 말을 자주 했었다.

[과거로부터 배웠다.]

윤기의 설명과 딱 통하는 말이었다. 안드레아 역시 역아의 능력치를 받고 시작했으므로.

—아쉽군요. 거기가 프랑스라면 어떻게든 달려가련만.

"서두르지 않으셔도 됩니다. 이제부터 기자님을 기다리고 있을 테니까요."

—그래 주세요. 내가 지금 아프리카에서 세계의 노포 요리를 기록 중입니다. 머잖아 동양으로 갈 것이니 꼭 셰프의 레스토랑을 찾아가도록 하겠습니다.

"사무엘 기자님."

—예?

"고맙습니다."

—예?

"고맙다고요."

윤기의 답이었다. 사무엘은 흘려들었겠지만 윤기는 진심이었다. 안드레아의 미식계 데뷔(?)를 도운 사람. 안드레아의 요리를 신앙처럼 높이 사 주던 사람. 안드레아는 없지만 그가 있어 다행이었다.

"셰프."

모두가 돌아간 자리, 가스파르와 독대를 하게 되었다.

"시간이 아쉽군요. 셰프와 헤어져야 한다니."

"방콕 본선이 가깝지 않습니까?"

"그렇죠. 폴 보스키도 그날을 기대한다고 했습니다."

"몸이 많이 안 좋으신가요?"

"늙었지 않습니까? 모든 게 바닥입니다. 어쩌면 올해가 마지막일 수도 있다고 하더군요."

"……."

"그래서 셰프와의 만남이 더 각별하게 느껴집니다. 세계요리를 이끌어 갈 초대형 셰프감이 없다고 늘 한탄했거든요. 우리가 제의한 종신 심사 의원 추천권을 받아 준 계기이기도 하고요. 세계는 넓고 요리의 재야에도 실력자가 많으니까요."

"그 중심이 선생님이라고 들었습니다."

"뭐, 중심이라기보다는 그냥 주선자라고 할까요? 솔직히 말하면 내게도 이득이 되는 일이니까요."

'이득……'

"다비드에게 대략은 언질을 받았겠지요? 내가 정킷 비즈니스에 몸담고 있다는 것."

"네."

"페드로 회장 말입니다. 따로 테이블을 차려 주었다고요?"

"네."

"딜을 던지지 않던가요?"

"……?"

"놀랄 필요 없습니다. 나도 그의 성향을 잘 알고 있거든요. 그가 좋아하는 셰프도 그렇고요."

"……."

"안드레아, 페드로 회장이 열광하던 셰프였습니다. 그는 죽었지만 뜻하지 않은 반전이 일어났습니다. 바로 당신."

"……."

"그러니 딜을 던지지 않았을 리가 없습니다."

"딜이 온 것은 맞습니다. 제가 사양을 했습니다."

"예상대로군요. 페드로가 제 아무리 거액을 준다고 해도 페드로만을 위한 셰프가 될 생각이 없는 거죠?"

"맞습니다."

"송 셰프."

윤기를 호명한 가스파르가 자세를 고쳐 앉았다. 그런 다음 물을 한 모금 마시더니 말을 이어 놓았다.

"여기서 당신의 꿈에 대해 들을 수 있을까요? 당신이 꿈꾸는 요리의 세계… 어떤 걸까요? 미슐랭 별 셋? 아니면 안드레아처럼 초상류층 미식가만 상대하는 레스토랑? 그것도 아니면 작고 아담한 레스토랑을 만들어 인스턴트에 지친 사람들을 품어 주는 힐링 요리? 그도 아니면 영국 버킹검 왕실이나 프랑스 엘리제궁 같은 최고의 식당을 지휘하는 로열 셰프?"

가스파르의 시선은 윤기에게 고정되어 있었다.

[미슐랭 별 셋]

모든 요리사들의 꿈이었다. 그런데 실력 있는 요리사라고 다 별을 달고 사는 건 아니었다. 예를 들면 초상류층만 상대하던 안드레아의 레스토랑이 거기 속한다. 그런 곳에는 미쉘린의 별이 떨어지지 않는다. 미쉘린은 다양한 사람들이 오갈 수 있는 레스토랑만을 평가의 대상으로 하기 때문이었다.

어떻든 윤기에게는 새롭지 않았다. 역아는 황실 요리사였고 안드레아는 초상류층의 멤버십 레스토랑을 운영한 사람이었다. 그들의 길을 따라가고 싶지 않았다.

"그 네 가지 사례……."

가스파르의 시선을 고스란히 받은 채, 윤기가 답을 주었다.

"다 하면 안 되나요?"

*　　　*　　　*

"어때요?"

돌아오는 길, 싱가포르의 공항에서 이상백이 출력물을 내밀었다.

[한국의 신예 셰프—세계의 숨은 고수 평정하고 보스키 도르 직행 티켓 획득]

[야생을 천국의 맛으로 바꾼 그의 마법 레시피는—개미산 한 방울]

[그 맛은 차라리 절망이었다—내일은 먹을 수 없으므로]

제목이 눈을 차고 들어왔다. 이어지는 요리 이미지는 윤기의 것이었다. 심사전에 출품되었던 두 개의 밀푀유…….

"이 기자님."

윤기가 이상백을 돌아보았다.

"송 셰프는 어떤가요? 나는 우리의 만남이 운명 같은데?"

"운명?"

"안드레아에 대해 연구 좀 해 봤거든요. 그 친구가 사무엘이라는 기자를 만나게 되는 것도 평범하지는 않더라고요. 마치 셰프와 나처럼요."

"기자님과 저요?"

윤기가 피식 웃었다. 어느 정도는 인정할 수밖에 없었다.

"처음에는 솜씨 좀 있나 보다 했는데 이건 뭐… 가능성이 아니라 완전 장악형 아닙니까? 미늘처럼 그 맛에 한번 걸리면 헤어날 수 없는 능력을 가졌으니."

"아직 완성형은 아닙니다."

"뭐, 배움에는 끝이 없다, 그런 말이라면 안 해도 됩니다. 오늘 심사를 맡은 세 사람, 난다 긴다 하는 미식가들 맞거든요? 그런 사람들조차 압도했지 않습니까?"

"압도까지는 아닙니다. 예외적인 칭찬 정도죠. 그분들보다 빛나는 미식가들도 많거든요."

"아무튼 사무엘과 안드레아… 내 시각으로 보면 사무엘이 안드레아를 키운 건데 그 또한 안드레아의 플랜이었던 것 같더군요. 즉 사무엘 기자가 안드레아를 선택한 게 아니라 선택을 받은 거였어요."

"……."

"내 말은… 덕분에 매너리즘의 바다에서 차곡차곡 썩어 가던 기자의 DNA에 새록새록 새잎이 나고 있다는 겁니다. 이제야 내가 꿈꾸던 기자의 길을 제대로 가는 것 같은……."

"제가 촉매가 된 건가요?"

"뇌관을 당기는 방아쇠가 된 거죠. 탕."

이상백이 권총 쏘는 시늉을 냈다.

"이거 신문에 나갈 기사인가요?"

"저런, 그럼 나는 아직도 매너리즘 속에 있는 거죠. 기자는 행동해야 하니 벌써 기사로 올라갔습니다."

"그래요?"

윤기가 소스라쳤다. 이상백은 과연 한 방이 있는 사람이었다.

"올리고 반응 체크해 봤는데 죽이더군요. 댓글이 바로 수백 개 달리더니 수천 개를 넘어갈 정도로 뜨겁습니다. 우리 국장님 편견도 작살내 주었고요."

"편견은 또 뭐죠?"

"요리 말입니다. 언론사 입장에서는 정치나 의학, 사회 이슈에 비해 비중이 낮거든요. 이 반응 보더니 앞으로 지면 비중 늘려 주겠다고 약속했습니다."

"잘된 일이네요."

"그래서 미리 못을 박고 있는 중입니다."

"못?"

"어허, 왜 이러십니까? 보스키 도르 종신심사 위원 추천전 위너 셰프님."

"무슨 말인지……?"

"다 빈치 이벤트 말입니다. 나한테 취재 독점권 주는 대가로 홍보해 주기로 하지 않았습니까?"

"아, 그거요?"

"기자들이 기레기 소리 듣는 게… 뭐 하나 뜨면 다들 악다구니처럼 달려들어서 재생산을 해내요. 그러니 다 빈치에도 숟가락 얹으려는 기자들이 줄을 설 겁니다."

"그건 약속드리죠."

"뭐 완전 독점까지는 바라지 않습니다. 왜냐면 송 셰프님도 좀 떠야 하니까. 다만 어드밴티지 정도는 잊지 말라는 거죠."

"설 대표님에게도 언질해 두었던 사항이니 문제없을 겁니다."

"아이고, 이제 한숨 돌리겠네."

이상백이 무릎을 치며 좋아했다.

"검토 끝났으면 본기사 보셔도 돼요. 인터넷에는 사진이 더 잘 나왔더라고요. 아, 송 셰프 사진도 큼지막하게 한 장 올렸습니다."

이상백이 화장실을 가며 말했다. 처음에는 권위적이더니 이제는 슬쩍 자리를 비켜 주는 센스까지 생겼다.

'내 사진…….'

그 말은 사실이었다. 심사평 발표 뒤에 시상을 받는 장면이었다. 파란 조리복의 윤기. 사진을 어찌나 잘 찍었는지 신비감이 깃든 대가처럼 보였다.

좀 멋진데?

괜한 생각이 들었다.

하지만 그보다는 요리 사진이 더 마음에 들었다. 사진은 심사장의 것만이 아니었다. 아침에 만든 빅토르 위고와 지방시의 최애 메뉴까지 반짝거렸다.

[대문호 빅토르 위고의 식탁을 소환한 막후 페스티벌]

[세계적인 미식가들조차 매료시킨 완벽한 재현 요리]

[송 셰프의 손에는 역사 속의 맛을 기억하는 AI가 들어 있다]

요리만큼이나 반짝거리는 이상백의 소제목들.

그러고 보면 그도 지면 위의 요리사였다. 시간과 사건을 갈무리해 이토록 멋진 기사로 요리해 놓았다.

'기사가 맛있네.'

윤기의 소감이었다. 한 때는 기레기 중의 기레기로 생각했던 이상백. 이제는 안드레아와 사무엘의 관계처럼 특별한 기자로 아롱지고 있었다.

[레오나르도 다 빈치]

윤기의 다음 미션을 주지시키려는지 기내 잡지에 다 빈치의 특집이 있었다. 인류의 천재 다 빈치. 기사에서는 한국의 다 빈치로 정약용을 꼽고 있었다.

기사 말미에 거울이 나왔다. 다 빈치는 노트에 메모를 할 때 거울을 이용해 글자를 거꾸로 쓴다고 했다. 창의성이다. 뭐든 다른 각도에서 보면 새로운 생각이 나온다. 그것은 곧 요리의 창의성과도 통하는 말이었다.

요리와 셰프.

이제는 특별할 것도 없는 단어였다. 인터넷이 열리면서 모든 것이 코앞으로 가까워졌다. 지구 반대편 아프리카의 숲에서 구운 야생동물 구이도 바로 인터넷으로 연결이 된다. 그러나 맛은 유한하다. 오미니 칠미니 하는 본질만은 변하지 않는 것이다.

셰프의 한계이자 극복의 과제였다. 그 일곱 가지 맛의 조합을 어떻게 이루느냐, 그 식재료의 가공을 어떻게 하느냐, 그 역량 안에서 맛의 세계가 피고 지기 때문이었다.

팔방미인 다 빈치.

시원하게 말아먹기는 했지만.
그도 한때는 개업 셰프였다. 가게 이름도 창의성이 넘친다.

[개구리 세 마리 깃발 식당]

어쩌면 요리는, 그 천재가 이르지 못한 마지막 관문일 수도 있었다.

[1부, 2부 예약 완료]

주희가 보내 온 이메일이었다.
각 70여 명씩, 140여 명의 귀빈들을 모시는 다 빈치 향연. 리폼 개관과는 또 달리 윤기 유명세의 서막을 여는 시간이 될 수도 있었다. 이벤트에 올 VIP들의 격도 달랐다. 이 위상의 변화는 공항에서도 일어났다.
"송 셰프."
입국장으로 나오자 이상백이 윤기를 붙잡았다.
"네?"
"환영객이 왔는데 그냥 가면 안 되죠."
"환영객이라고요?"
윤기가 고개를 들었다.
어머니?
아니다. 그런 말은 없으셨다.
"그런 사람 있어요. 따라오세요."

이상백이 앞서 걸었다. 조금 한적한 공간에 이르자 낯익은 사람들이 보였다.

"셰프님."

김민영이었다. 선글라스에 모자를 눌러쓴 그녀가 다가와 덩치보다 푸짐한 꽃다발을 안겼다.

"축하해요. 보스키 도르 맞죠? 거기 본선 진출권 먹었다면서요?"

"……?"

얼떨결에 꽃다발을 받은 윤기가 이상백을 바라보았다.

"내가 분명 '사람들'이라고 했을 텐데요?"

'사람들?'

그렇다면 한 명이 아니다.

"김혜주 선배님하고 같이 왔어요."

김민영이 말했다.

"김혜주 씨까지요?"

"아니면요? 우리 기수 여먹4총사, 알고 보니까 300화 직전에 교체설이 나왔던 모양이더라고요. 그런데 300화가 대박을 치면서 오히려 대우가 좋아졌어요. 그러니 송 셰프님 일이라면 잠옷 바람으로라도 뛰어와야죠."

"대우 건은 잘됐네요."

"이제 혜주 언니 차례예요."

김민영이 윤기를 돌려세웠다. 거기 김혜주가 있었다. 김민영보다 조금 더 변장한 모습으로.

"축하드려요. 기사 보니까 굉장했던데요? 그 굉장한 셰프 좀 납치하러 왔어요."

김혜주의 꽃다발은 단아했다. 그제야 이상백이 이실직고를 해 왔다.

"기사 나가고 후배 기자 통해서 연락을 받았어요. 언제 귀국하냐고 묻길래 알려 줬습니다. 개인정보 누설로 고발 조치 하면 달게 받겠습니다."

『요리의 악마』 4권에 계속…